KB262069

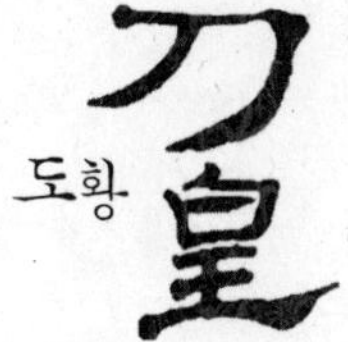

도 황

刀皇

청산 新무협 판타지 소설
FANTASTIC ORIENTAL HEROES

도황 1
청산 新무협 판타지 소설

초판 1쇄 찍은 날 § 2010년 10월 26일
초판 1쇄 펴낸 날 § 2010년 11월 2일

지은이 § 청산
펴낸이 § 서경석

편집팀장 § 서지현
편집 § 주소영 · 어정원

펴낸곳 § 도서출판 청어람
등록번호 § 제1081-1-89호
등록일자 § 1999. 5. 31
어람번호 § 제2-1995호

주소 § 경기도 부천시 원미구 심곡2동 163-2 서경B/D 3F (우) 420-822
전화 § 032-656-4452팩스 § 032-656-4453
http://www.chungeoram.com
E-mail § chungeoram@chungeoram.com

ⓒ 청산, 2010

ISBN 978-89-251-2330-1 04810
ISBN 978-89-251-2329-5 (세트)

※ 파본은 구입하신 서점에서 교환하여 드립니다.
※ 저자와 협의하여 인지를 붙이지 않습니다.
※ 이 책은 도서출판 청어람과 저작자의 계약에 의해 출판된 것이므로,
   무단 전재 및 유포 · 공유를 금합니다.

FANTASTIC ORIENTAL HEROES

청산 新무협 판타지 소설

刀皇

1

도황

FANTASTIC ORIENTAL HEROES

도서출판
청어람

目次

칼[刀]의 변론

나는 칼[刀]이다.

아주 오랜 세월 나는 유익한 도구로써 사람과 함께 지내왔다.

사람들은 돌을 갈아 나를 만든 이후 사나운 짐승들과 맞설 수 있었다. 또한 나는 고기를 베고 과일을 썰고 나무를 자르고 돌벽에 이름을 새기는 등 무한한 용도로 사용되었다. 한데 어느 날 나는 사람을 죽이는 도구가 되어버렸다.

유익한 도구가 아니라 남을 해치는 흉기(凶器).

흉기로 변한 것은 슬픈 일이지만 때로는 정의롭게 사용되면서 흉기가 아니라 병기(兵器)가 되었기에 견딜 수 있었다.

한데 사람들이 더 강한 병기를 원하면서 창(槍)이 등장했고 나는 뒷전으로 밀리게 되었다.

병사들은 길고 강력한 창을 앞세워 전장으로 나섰고 나는 녹슨 날을 품은 채 먼지 속에서 뒹굴어야 했다.

나를 다시 세상 밖으로 끄집어낸 사람들은 강호인들이었다.

그들은 무림이라는 세상에서 활보하는 싸움꾼들로 누구나 손쉽게 다룰 수 있는 병기를 원했는데 그 대상이 바로 나, 칼이었다. 이로 인해 나는 다시, 한 번 사람들에게 목숨처럼 소중한 병기로서 사랑받게 되었다.

한데 세상에 검(劍)이 등장하면서 나는 다시 마음에 상처를 입고 말았다.

강호인들 절반이 나를 병기로 삼고 있음에도 불구하고 검을 사용하는 절대검객들이 강력한 검법을 창안하면서 강호인들은 나보다 검을 선호하게 된 것이다.

나는 슬펐다.

내가 왜 검보다 못한 취급을 받아야 하는가.

왜 도법이 검법에 비해 저급한 평가를 받아야 한단 말인가.

세상 모든 병기의 어머니인 나로서는 분노와 비통함을 금할 수 없었다.

나도 더 이상 참을 수 없었다. 내가 검보다 부족하지 않음을 보여주기로 작심했다.

모든 병기를 능가할 칼의 황제[刀皇]가 되기로!

　전작 천추공자(千秋公子)를 매듭지은 지도 벌써 여덟 달이 지났군요.

　이번 작품은 칼을 소재로 꾸며보았습니다.

　포정(庖丁)의 칼과 같은 작품을 만들고자 했지만 의욕만 앞서 그만 백정의 칼이 되지는 않았는지 우려됩니다.

　이 작품이 책으로 나오기까지 도움을 주신 청어람 가족들께 깊은 감사를 드리며 독자제현의 격려를 기대합니다.

청산 배상

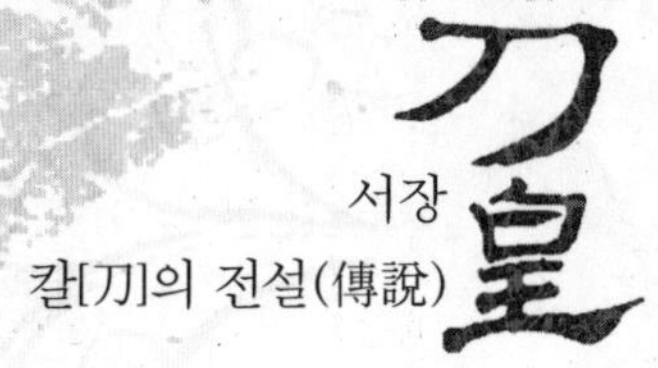

무림사 이래 전설처럼 내려오는 네 자루 칼이 있다.

첫 번째 칼은 비도(飛刀)이다.

겉보기에는 그저 한 자루 비수에 불과하다. 하지만 이 비수가 손끝을 떠나 발출되는 순간 열두 개로 갈라지면서 번갯불처럼 상대의 열두 곳을 동시에 노린다.

열두 개의 비수가 각기 궤적을 그리고 속도마저 달리하기에 이 비도를 피해내기는 불가능에 가깝다.

이 비도를 제작한 사람은 비도술의 창시자인 독각귀수(獨脚鬼手).

타고난 절름발이인 그는 자신의 불편한 행보를 보완하기 위해 비도술을 연구했으며, 마침내 손끝을 튕기는 것만으로 비수를 날리는 초상승 비도술을 창안하게 되었다.

그의 비도술은 신의 경지에 이르러 눈을 감고도 열두 개의 표적을 동시에 적중시킬 수 있기에 누구도 그의 적수가 될 수 없었다.

말년에 그는 만년정강을 제련해 얇디얇은 열두 자루의 유엽 비도를 한 자루처럼 합치시키면서 전설적인 비도를 만들어냈다.

그것이 바로 칼의 전설 중 하나인 탈명전광비(奪命電光飛)이다.

두 번째 칼은 쾌도(快刀)이다.

이 칼은 종이처럼 얇기에 진기를 주입시키지 않으면 풀잎처럼 흐느적거리며 지푸라기 하나 베지 못한다. 하지만 진기가 주입되면서 날이 서면 세상에서 가장 날카로운 병기로 화한다.

쾌도가 베지 못할 것은 없다고 한다. 무쇠와 금은보옥은 물론이며 금강불괴지신이라도 벤다고 했으니 그야말로 무적의 신병이다.

쾌도의 놀라움은 단순한 예리함보다 칼바람조차 일으키지 않은 상황에서 발출된다는 데 있다.

과장을 좋아하는 얘기꾼들의 말에 의하면 쾌도를 휘두르면 귀신조차 벨 수 있다고도 한다.

이 칼은 타고난 장님으로 앞을 볼 수 없는 불우한 삶을 살아야 했던 흑맹천살(黑盲天煞)에 의해 제작되었다.

쾌도를 연마해 맹인자객으로 평생을 살아온 그는 제자를 두지 못해 자신의 칼을 가슴에 꽂은 채 생을 마감했다.

주인과 함께 세상에서 사라진 칼의 이름은 무형쾌(無形快).

무형쾌는 그렇게 칼의 전설 중 하나가 되었다.

세 번째 칼은 패도(覇刀)이다.

이 칼에는 공포적인 광기와 마력이 깃들어 있기에 달리 마도(魔刀)로 불린다.

이 칼을 제작한 사람은 극강의 패를 추구하는 투사다. 광천불패(狂天不敗)로 불린 그는 투사라기보다 광인에 가까웠다.

그는 한 자루 칼을 제작하기 위해 용암으로 정강을 녹인 후 망치질 대신 벼락으로 칼을 벼렸다고 하였다.

패도에는 강기와 마력이 깃들어 있기에 한 번 휘두르면 산악이 무너지고 두 번 휘두르면 강물이 거꾸로 흐른다는 얘기도 떠돌았다.

더욱 놀라운 사실은 일 푼의 진기조차 없는 백면서생이 칼을 쥐어도 한순간에 가공할 패력을 발휘할 수 있다는 데 있었다. 하기에 원한에 사무치거나 야망에 눈이 먼 자들이 이 패도를 찾기 위해 구주팔황을 찾아 헤매기도 했다.

절대적 패력이 깃든 천뢰파천도(天雷破天刀).

그 또한 칼의 전설의 하나가 되었다.

네 번째 칼은 심도(心刀)이다.

앞선 세 자루 칼도 신비롭지만 심도에 얽힌 전설은 더욱 두렵고 끔찍하다.

이 칼은 장인이나 무인에 의해 제작된 것이 아니다. 칼의 제작자는 뜻밖에도 의원이다.

생명을 구하는 의원과 칼.

언뜻 이해가 되지 않은 일이지만 전설이 워낙 구체적이기에 누구도 그 내력을 의심하지 않는다.

귀심신의(鬼心神醫)는 좌도방문과 사파의 기괴한 의술에 심취해 인성이 말살된 악마로 변질되고 말았다. 마성에 물든 그는 세상을 휩쓸 거대한 야망을 가슴에 품게 되었다.

그래서 생각해 낸 병기가 바로 심도였다.

심도란 자신의 몸에 심어두었다가 마음먹은 대로 발출할 수 있는 칼을 말하는데 유사 이래 이론상으로만 존재한다.

인간의 몸에 어떻게 칼을 심어둘 수 있단 말인가.

한데 마성에 젖은 귀심신의는 칼을 철로 만들지 않으면 심도 제작이 가능하다고 판단해 무림사 이래 가장 끔찍한 악마적 작업을 추진했다.

그는 일천 명의 동남동녀를 납치해 용로에 녹였고, 그 정혈을 응축해 마침내 한 자루 칼을 제작해 냈다.

한데 칼에 깃든 일천 동남동녀의 원한과 저주 때문인가.

하늘로 치솟은 칼은 벼락처럼 내리꽂히며 귀심신의의 뇌정혈로 파고들었다. 순간적으로 칼은 귀심신의의 몸속으로 스며들었기의 전설의 심도가 완성된 것은 사실이었다.

그러나 심도가 꽂히면서 귀심신의는 산산조각으로 쪼개지는 참살을 당했으니 세상을 휩쓸기에 앞서 자신이 먼저 목숨을 잃은 것이다.

생사심천도(生死心天刀).

그 칼을 얻으면 고금 최강이 될 수 있지만 얻는 순간 죽음을 가져오기에 누구도 소유는 불가능하다. 한데도 무수한 사람들이 전설을 좇아 심도를 찾아 나섰다.

그러나 생사심천도를 대하고 누구도 살아난 사람이 없었다. 주인의 뇌정혈로 파고들어 몸을 산산조각 내는 칼을 어떻게 차지할 수 있단 말인가.

생사심천도는 그렇게 마지막으로 칼의 전설이 되었다.

비도, 쾌도, 패도, 그리고 심도……!

과연 칼의 전설은 그것이 전부일까.

세상 어느 곳에서 또 다른 칼의 전설이 만들어지고 있는지는 누구도 알 수 없다.

그곳이 바로 풍운의 무림이기에!

第一章
천민 부락에서 태어난 아이

둥! 둥! 둥……!

둔중한 북소리에 맞춰 망나니가 칼춤을 춘다.

망나니가 춤을 추면서 칼을 휘두를 때마다 단상 위로 싸늘한 예기가 퍼져 나간다.

망나니는 죄수의 목을 향해 칼을 내려치는 흉내를 반복했고, 그때마다 단하를 가득 메우고 있는 군중들의 입에서 함성과 신음성이 터져 나왔다.

북소리가 빨라지면서 망나니의 칼춤도 빨라졌다.

호리병의 술을 한 모금 머금은 망나니가 칼에다 대고 훅 뿜었다. 전날부터 충분하게 갈아놓은 칼날은 술에 젖으면서 무지개를 피워냈다.

망나니의 이름은 도치(刀痴).

죄인을 참수하는 망나니들은 천민 중에서도 가장 천시되지만 죄인을 참수하는 순간만큼은 형장의 주역이 된다.

도치는 벗은 상체에 가죽 갖옷 한 장만 달랑 걸쳤기에 우람한 근육이며 북슬북슬한 가슴 털을 여실히 드러내고 있었다.

칼을 쥔 도치의 팔뚝은 철골처럼 단단해 보여 그 팔로 칼을 휘두르면 산악도 벨 것 같았다.

둥! 둥……!

북소리가 더욱 요란해지면서 도치의 칼춤도 최고조에 이르렀다. 귀청을 찢는 듯한 칼바람 소리가 형장의 군중들을 압도했고, 모두의 시선이 도치의 손끝에 집중되었다.

지속되는 칼춤 속에 죄인은 공포의 한계를 넘어서 체념의 단계로 들어섰는지 더는 두려워하지도 않았다.

그의 마지막 바람은 고통없는 최후였다.

이 순간 도치의 칼이 죄인의 목을 향해 내리꽂혔다.

서걱!

북소리가 멈춰지면서 칼을 내려친 도치의 동작도 순간적으로 정지되었다. 마치 시간이 정지된 듯 형장에서 깊고 깊은 침묵이 흘렀고, 숨소리 하나 들리지 않았다.

데구루루!

목이 베인 수급이 바닥으로 떨어지며 구르자 비로소 군중들은 찰나지간의 침묵 속에서 깨어났다.

"와아아!"

"역시 도치다운 솜씨야!"

"대체 언제 목을 벤 거야? 섬광만 번득였을 뿐인데!"

이어 관리들이 단상으로 올라와 죄인의 죽음을 확인하고는 형 집행이 완료됐음을 공표했다.

구경꾼들은 아쉬운 표정으로 흩어졌고, 죄인의 식솔들이 시신을 양도받기 위해 올라왔다.

"흑흑, 어르신!"

"아버님……!"

식솔들은 목이 잘린 죄인의 시신을 가운데 두고 둘러선 채 울음을 터뜨렸다.

중년 아낙은 남편의 수급을 가슴에 품고는 피눈물을 흘렸다. 비록 나라에 중죄를 짓고 참수를 당했지만 그녀에게는 소중한 남편이기에 비통하지 않을 수 없었다.

아낙은 남편의 수급을 살피다가 깜짝 놀랐다.

"아……!"

평온한 죽음.

목이 잘려 죽은 사람으로는 생각되지 않을 만큼 남편의 표정이 너무도 평온했다. 수급만 본다면 마치 깊이 잠들어 있는 듯한 모습이었다.

아낙은 남편이 전혀 고통을 느끼지 않고 저승으로 갔다는 사실을 커다란 위안으로 삼았다.

몸을 일으킨 아낙은 칼집을 등에 메고 있는 도치에게 다가갔다.

"도치, 남편을 편히 보내줘서 고맙네."

아낙은 은자 주머니를 도치의 갖옷 주머니에 넣어주었다.

도치는 당연한 사례라는 듯 눈길조차 주지 않은 채 형장의 계단을 밟고 내려섰다.

망나니 중의 망나니!

이것이 도치에 대한 평가다.

그가 비록 천하디천한 망나니라도 참수를 집행하는 자로서의 도리를 잘 알고 있었다.

고통없는 죽음.

그것이 그가 죄인에게 베풀 수 있는 유일한 자비였다.

이를 잘 알기에 사형수의 식솔들은 가급적 도치에게 참수를 맡기려 했고, 이런 와중에 형부의 관리들에게 뇌물이 오간다는 것은 공공연한 비밀이었다.

2

부슬부슬……!

한껏 찌푸렸던 하늘에서 부슬비가 내리기 시작했다.

도치가 사는 천민 부락은 형장에서 십 리 정도 떨어져 있다.

도치는 좁은 산길을 따라 부락으로 향하고 있었다.

벌컥벌컥……!

도치는 호리병의 술을 들이켜며 잠시 참형을 잊기 위해 연신 흥얼거렸다.

　망나니로 살아오면서 수백 명의 죄인을 참수했지만 사람의 목을 베는 순간은 언제나 불쾌하다.

　어렸을 적 고아가 되어 망나니 손에 키워지면서 그 역시 망나니가 된 것이지 태생이 그런 것은 아니다. 하지만 한번 망나니가 된 이상 그의 신분은 바뀔 수 없다.

　인간 백정 망나니.

　그것이 그에게 주어진 숙명이기에 그는 죽는 날까지 망나니로 살아야 한다.

　천민 부락에도 부슬비가 내리고 있었다.

　술시를 넘어섰건만 부락 초입부터 도살되는 가축들의 울음소리와 더불어 피비린내가 진동했다.

　천민 부락에 사는 거주민들은 상당수가 백정이다.

　백정들은 매일같이 소와 돼지, 닭 등을 잡아 성에 공납해야 한다.

　양주성(揚州城)은 제법 규모가 있는 성시이기에 성내의 관리들과 군병들의 식사에 소모되는 고기의 양이 상당하다. 하기에 천민 부락의 백정들은 하루의 대부분을 도살과 고기 손질하는 데 보내야 했다.

　만일 양이 부족하거나 제대로 손질되지 않은 고기를 공납했다가는 부락의 촌장서부터 백정들을 관장하는 도방(屠房)의 도장(屠丈)들이 관부로 끌려가 호된 매질을 당하게 된다. 더러는 본보기로 백정 한둘이 항명죄에 연루돼 모진 독형을 당하다가 죽은 일도 다반사다.

천민 부락의 부락민들은 노비보다 못한 존재이기에 그들의 죽음은 도살되는 개돼지와 다를 바 없는 것이다.

꽤애액!

돼지 멱따는 소리는 듣기에 언제나 고약하다. 숨통이 끊어진 돼지는 백정들의 능숙한 솜씨에 의해 순식간에 살과 뼈, 내장 등으로 발라진다.

한쪽에서는 거대한 가마솥이 펄펄 끓고 있었고, 솥으로 던져진 닭들이 대가리가 절단된 채 퍼덕대고 있었다. 하루에도 백여 마리의 닭이 도살되기에 도살장 주변은 너저분한 닭털이 수북하게 쌓여 있었다.

쏴아아……!

빗방울이 점점 굵어지면서 봄비가 제법 요란한 장대비로 바뀌고 있었다. 도살장의 지붕과 벽을 타고 흐르는 빗물은 핏물과 뒤섞여 역겨운 비린내를 물씬 풍겨냈다.

술에 취한 도치가 비틀비틀 춤을 추며 질퍽거리는 길을 따라 들어서고 있었다.

매일같이 돼지와 닭을 잡는 백정이라도 사람을 죽인 자는 없다. 하기에 백정들이라도 사람의 목을 치는 망나니는 경원의 대상이 아닐 수 없었다.

도치는 비를 맞으며 도살장 사이의 길을 갈지자로 걸었다.

도치가 술에 취해 돌아오는 날은 참수를 집행한 날이기에 누구도 그에게 시비를 걸지 않았다. 이날만큼은 망나니의 날이기에 비위를 맞춰주고 위로해 주는 것이 천민 부락의 관례였다.

"이놈들, 모두 비켜라!"

도치는 잔뜩 술에 취해 손을 마구 휘저었다.

이때 절름발이 백정이 나서며 도치를 처마 밑으로 끌어들였다.

"아이고, 고생이 많았네, 도치."

도치는 잔뜩 취한 눈으로 절름발이를 쓸어보고는 가소롭다는 듯이 내뱉었다.

"뭐야? 왕각(尤脚)이구나? 네놈이 지금 나한테 시비를 거는 거냐?"

"헤헤, 무슨 소린가, 도치."

왕각은 선반 위에 숨겨놓은 접시를 내리며 천을 걷었다. 접시에는 아직도 신선한 피를 머금은 붉은 핏덩이가 담겨 있었다.

"간일세. 자네를 주려도 특별히 남겨둔 것이네."

"크훗, 고작 이까짓 간을 주려고 내 발길을 막았단 말이냐?"

"돼지 간이 아니라 쇠간이네."

왕각은 백정들이 주로 마시는 독한 화주까지 내놓았다.

"오늘 애썼네. 한잔 쭉 들이켜고 푹 쉬게나."

"카하핫! 술이라면 사양할 수 없지!"

도치는 화주 한 사발을 단숨에 들이켜고는 안주 삼아 쇠간

을 입에 털어 넣고 으적으적 씹었다. 간에서 아직 온기가 느껴
지는 것으로 미루어 잡은 지 얼마 안 된 쇠간이었다.

"흐음, 향기롭군."

도치가 입가를 핥으며 기분 좋은 표정을 짓자 왕각은 털과
내장을 깨끗하게 손질한 닭 한 마리를 도치의 허리춤에 걸어
주었다.

"이건 내일 아침거리일세."

술과 안주를 대접 받은 도치는 닭까지 챙겨준 왕각의 성의
가 고마웠다.

"왕각, 역시 넌 내 친구로구나!"

도치는 참수당한 죄인의 아내가 건네준 은자 주머니에서 은
자를 꺼내 절반을 도마 위에 던져 주었다.

"생각해 보니 네 딸년 태어났을 때 축하도 해주지 못했어.
받아라."

천민 부락의 천민들은 관부 소속이기에 공납을 해도 대가를
받지 못한다. 아주 특별한 사안에만 약간의 하사금이 지급되
기에 천민들이 돈을 만지는 경우는 드물다.

하기에 한 조각의 은자는 결코 적지 않은 돈이다.

왕각은 아내를 둔 데다 지난달에 딸까지 얻은 몸이라 한 푼
이 아쉬웠다.

홀몸이면 몰라도 처자식을 거느린 어엿한 가장이다 보니 하
다못해 온전한 옷 한 벌이라도 해주고 싶은 것이 가장의 도리
였기에 한 조각 은자는 엄청난 횡재였다.

"아이고! 고맙네, 도치. 정말 고마우이."

"그럼 난 간다!"

도치는 비틀거리며 도살장을 나섰다.

몰려드는 먹장구름으로 미루어 금세 그칠 비가 아니었다.

철벅철벅……!

도치는 발목까지 빠지는 진창을 밟으며 부락 안쪽으로 향했
다.

도치의 움막은 천민 부락 내에서도 가장 깊숙한 곳에 위치
해 있었다. 그곳이 대대로 인간 백정의 주거지였다.

부락 사이를 지나 얕은 고개를 넘어서자 대나무 숲을 등진
공터에 움막이 한 채 보였다. 대나무와 가죽으로 대충 엮은 움
막은 보기에도 허름한 데다 등불 하나 밝혀져 있지 않아 흡사
폐가를 방불케 했다.

도치는 울타리도 없는 집 마당에 이르자 허리춤의 닭을 주
방 앞에 던지고는 덩실덩실 춤을 추며 노래를 불렀다.

내가 큰 칼을 찾고 집에 왔음이여,

편히 잠들기 위함이라네!

노래라기보다 악에 가까웠지만 가사는 나름대로 의미가 있
었다.

도치는 휘청휘청 걸음을 옮겨 움막 뒤편의 대나무 숲으로

향했다. 아랫도리를 깐 도치는 힘차게 오줌을 갈겼다.

오줌 줄기가 모락모락 김을 피우며 대나무 숲 안쪽으로 뿜어졌다. 단순한 배설이 아니라 가슴의 응어리가 함께 방출되어서인지 술기운이 가시며 조금 정신이 들었다.

허리띠를 처맨 도치는 고개를 쳐들어 빗물로 얼굴을 닦았다.

"우라질! 거, 장하게도 쏟아지누만."

도치는 쏟아지는 빗물을 입에 머금으며 요란하게 양치질을 하고는 고개를 흔들었다.

"아이고, 머리야. 오늘 너무 마셨어."

도치는 정수리를 문지르며 몸을 돌렸다.

한데 이때였다.

"흐으… 음……."

빗줄기를 뚫고 희미한 신음 소리가 들려왔다.

"응……?"

도치는 주변을 두리번거리다가 자신의 귀를 후볐다. 비바람 소리를 잘못 들었나 싶은 것이다. 그러나 다시 두 걸음을 더 옮기기도 전에 예의 신음 소리가 다시 들려왔다.

"흐으윽……."

분명 여인의 신음 소리였다. 앞서보다 훨씬 또렷했으며 고통까지 담겨 있기에 도치는 등골이 서늘해졌다.

도치의 움막에는 찾아오는 사람이 거의 없다.

더군다나 이런 늦은 시각에 여인의 신음 소리라니…….

불현듯 떠오르는 생각에 도치는 술기운이 확 가시며 등줄기
가 서늘해졌다.

'귀신……?'

그가 여태 참수한 죄인이 백 명이 넘으며 그중에는 여인도
여럿 포함돼 있었다. 여인의 한은 서릿발보다 매섭다 하지 않
은가.

도치는 등에 멘 칼을 불끈 쥐었다.

"누, 누구냐?"

눈을 부릅뜬 도치는 신음 소리가 흘러나온 것으로 추정되는
대나무 숲으로 시선을 고정시켰다.

곧이어 또 한 번의 신음 소리가 대나무 숲에서 흘러나왔다.

"아… 흐윽……!"

이번에는 또렷하게 들었기에 귀신의 울음소리가 아니라 여
인의 신음 소리임을 확신할 수 있었다.

귀신이라면 모를까, 살아 있는 사람이라면 두려워할 이유가
없다. 상대가 여인이라면 더욱 그러하다.

도치는 잠시 오그라들었던 간담이 풀어지면서 본래의 호기
를 되찾았다.

"누구야, 거기?"

그는 대나무 숲을 헤치고 안으로 들어섰다. 움막을 에워싼
대나무 숲은 십 장 정도로 제법 울창했다.

대나무 숲을 헤치고 나서자 제법 가파른 언덕이 보였다.

가파른 언덕은 천민 부락을 에워싼 경계 지역으로서 함부로

벗어나면 이탈자로 간주돼 혹독한 처벌을 받게 된다.

"아무도 없는데……?"

주변을 살피던 도치는 대나무 숲 한쪽에 웅크리고 있는 하얀 그림자를 발견하고는 짧게 숨을 들이마셨다.

"누, 누구냐?"

하얀 그림자는 간헐적으로 몸을 떨면서 무척이나 고통스런 신음 소리를 흘려냈다.

"흐으윽……!"

분명 사람이기에 도치는 비로소 경각심을 풀고 다가섰다.

하얀 그림자는 비에 흠뻑 젖은 여인이었다. 여인은 배를 감싸 안고 있는데 달덩이처럼 불룩하게 튀어나온 모습으로 미루어 만삭의 몸으로 보였다.

"임산부가 어떻게 여기까지……?"

천민 부락은 험준한 지형으로 둘러진 막다른 계곡에 위치했기에 일반인의 접근이 용이치 않다. 한데 여인의 몸으로, 그것도 만삭의 임산부가 찾아들어 왔으니 경이로운 일이 아닐 수 없었다.

경위야 어찌 됐든 임산부를 비 맞게 내버려 둘 수 없기에 도치는 임산부를 안아 들었다.

만삭의 몸임에도 불구하고 임산부는 그다지 무겁지 않았다. 도치의 힘이 워낙 좋아서일 수 있지만 임산부는 지나치게 말라 있었다.

도치는 삐걱거리는 문을 밀치고 방으로 들어섰다.

방 안은 너저분했고 짐승 가죽이 여러 겹 깔린 가죽 침상이 방 한쪽을 차지하고 있었다.

도치는 여인을 자리에 눕히고는 부싯돌을 찾아 등잔을 밝혔다. 고약한 돼지기름 냄새와 함께 방 안이 밝혀졌다.

"이거 닦아줄 만한 수건이 있어야지."

도치는 궤짝의 옷과 꾸러미를 죄다 끌어내다가 비교적 깨끗한 천을 한 조각 찾아내 여인의 얼굴을 닦아주었다. 빗물에 젖은 여인의 머리카락이 좌우로 밀리면서 비로소 여인의 용모가 확연하게 들어났다.

"아……!"

탄성을 토한 도치는 그만 석상처럼 굳어지고 말았다.

여인의 용모는 명장이 정성껏 쪼아 조각한 백옥상이었다. 핏기 한 점 없는 안색과 파리한 입술이 안쓰럽고 애처로웠지만 이목구비는 완벽 그 자체였다. 더욱이 여인의 용모에는 고귀함마저 서려 있어 아름다움이 훨씬 돋보였다.

너무도 고결한 용모에 도치는 여인을 도저히 인세의 사람으로 생각할 수 없었다. 그의 눈에 보이는 여인은 천상에서 하강한 선녀이지 인간이 아니었던 것이다.

한동안 넋이 빠졌던 도치는 겨우 정신을 차렸다.

하지만 손이 떨려서 여인의 몸에 손을 댈 수가 없었다. 자신의 더러운 손으로 여인의 옥신을 더럽힐 수 없다는 생각 때문이었다.

"흐으윽……!"

여인이 다시 고통스런 신음을 토하며 불룩한 배를 감싸 안았다. 신음 소리가 비명에 가깝게 고조되었고 숨소리마저 거칠어졌다.

도치는 어찌할 바를 모르고 진땀을 줄줄 흘렸다.

"부상이 심한 건가……?"

그러다 여인의 치마가 붉게 물들자 도치의 당혹감은 극에 이르렀다.

"어엇! 이를 어째! 이를 어쩌지!"

도치는 언뜻 공방에서 의술을 조금 알고 있는 초현(艸玄)을 떠올렸지만 왠지 여인의 존재를 공개하고 싶지 않았다.

이때 문밖에서 늙수그레한 음성이 들려왔다.

"도치! 도치, 안에 있는가?"

귀에 익숙한 음성에 도치는 반색하며 밖으로 뛰쳐나갔다.

엉성한 대나무 우산을 쓰고 있는 노파는 듬성듬성 빠진 이를 드러냈다.

"아직 잠들지 않았구만? 오늘 큰일 했다기에……."

"무당할멈! 정말 잘 왔어!"

도치는 노파가 들고 온 대나무 망태를 받아 한쪽으로 던지고는 노파의 손목을 잡아끌었다.

"어서 들어와 봐!"

"에고, 왜 이리 성환가?"

노파는 도치의 완력에 이끌려 거의 들리다시피 방으로 들어섰다.

노파의 이름은 소병(簫屛).

하지만 그 이름은 이미 오래전에 잊혀졌다. 무당들이 모여 사는 무방(巫房)에 소속된 은퇴 무당이기에 모두들 노파를 무당할멈으로 부른다.

무당할멈은 가죽 침상 위에 눕혀져 있는 여인을 보고는 기겁했다.

"자, 자네, 어쩌자고 납치를……?"

"납치한 게 아니야. 자세히 봐."

도치는 무당할멈을 침상 앞으로 바싹 이끌었다.

무당할멈은 비로소 여인이 만삭의 임산부임을 알아보고는 눈을 휘둥그레 떴다.

"아니, 이게 어찌 된 일인가? 자네, 그사이 색시를 숨겨두었는가?"

"무슨 자다가 봉창 뜯는 소리를 하는 거야? 내가 색시가 어디 있어?"

"하면 이 색시는 누구인가?"

"나도 몰라. 대나무 숲에 쓰러져 있더라고. 아마도 언덕 위에서 굴러떨어진 것 같아."

"이 몸으로 그 험한 언덕을 넘어왔단 말인가?"

무당할멈은 수건으로 여인의 얼굴을 닦아주다가 깜짝 놀랐다.

"맙소사!"

도치는 여인의 옥용을 훔쳐보면서 나직이 물었다.

“정말 예쁘지? 이렇게 예쁜 여인 봤어?”

“물론 아름답네. 내 평생 무당질을 하면서 숱한 귀공녀들을 보아왔지만 이렇듯 빼어난 미녀는 처음일세. 상 또한 고귀해 가히 왕후지상(王后之相)일세.”

“와아, 그 정도야?”

무당할멈은 근심 어린 표정으로 한숨을 내쉬었다.

“그래서 걱정일세.”

“왜?”

“이렇듯 고귀한 여인이 비루한 천민 부락에 들어왔다는 것은 중대 사건일세. 우리 같은 천민들은 이렇듯 귀한 신분의 여인과 절대 가까이해서는 안 되거든.”

“그렇기는 한데… 많이 다쳤는데 어떻게 해? 피까지 흘린다고.”

“피……?”

무당할멈은 여인의 치마가 붉게 물든 것을 보고는 바싹 긴장했다.

“이건 설마……?”

무당할멈은 여인의 치마를 들추고 속바지를 끌어내렸다.

도치는 손으로 얼굴 한쪽을 가리며 고개를 돌렸다.

부락 내에서 아낙들이 발가벗고 수욕하는 모습을 보고도 눈 하나 깜짝이지 않는 그였지만 여인의 속살이 보는 것이 불경스럽게만 생각된 것이다.

여인의 하반신을 살피던 무당할멈이 다급하게 외쳤다.

“아이고, 이를 어째! 벌써 산문(産門)이 열려 아이 머리가 보이기 시작했는데 산모가 정신을 잃고 있어! 이러다가는 산모와 아이 모두가 죽게 되네!”

산모가 죽을 수도 있다는 말에 도치는 가슴이 덜컥 내려앉았다.

“어, 어떻게 해야 되겠어? 내가 달려가서 초현이라도 끌고 올까?”

“그럴 시간이 없네. 일단 아이부터 받아야 하네. 어서 불을 지펴 물을 끓이게.”

“그… 그거면 돼?”

“깨끗한 천이 많이 필요하네. 아, 탯줄을 자를 칼이나 가위도 있어야겠고.”

“알았어.”

방을 나선 도치는 주방으로 달려가 불을 피웠다. 아궁이에 돼지기름을 한 덩이 던져 넣자 장작이 순식간에 타올랐다.

도치는 물이 끓는 동안 소도를 갈았다.

슥삭슥삭……!

어릴 적부터 칼을 갈아왔기에 칼 가는 기술은 도방의 백정들도 그에 미치지 못했다.

“끓는 물과 칼은 됐고… 가만, 깨끗한 천이 필요하다고 했지?”

문득 오래전에 공방에서 받아둔 천 꾸러미를 떠올린 그는 방문을 통해 말했다.

“할멈, 선반 위를 찾아보면 천 꾸러미가 있을 거야. 예전에 무명을 한 필 받아둔 적이 있는 것 같아.”

무당할멈은 이내 천 꾸러미를 찾아냈는지 방문을 살짝 열고는 도치를 안심시켰다.

“한 번도 사용하지 않은 무명이로군. 이 정도면 충분하네.”

“또 필요한 거 없어?”

“산모가 본능적으로 의식을 차리는 중일세. 어서 더운 물이나 들이게.”

“알았어.”

도치는 대나무 대야를 깨끗하게 헹구고는 더운 물을 가득 담았다.

무당할멈은 대야와 탯줄 끊을 소도를 방 안으로 들이고는 진중하게 경고했다.

“내가 나설 때까지 절대 문을 열면 안 되네. 자칫 사기(邪氣)가 스며들어 아이와 산모가 위험할 수 있어.”

“명심하겠네.”

주방으로 돌아간 도치는 여인이 수욕할 수 있을 만큼 넉넉하게 물을 끓였다.

아궁이의 장작을 뒤적이는 동안 그는 아이가 무사히 태어나기를 가슴 졸이며 기다렸다. 생면부지 여인의 아이이건만 마치 자신의 아이인 양 입안이 바싹바싹 말라왔다.

쏴아아……!

세찬 빗줄기는 그칠 줄 몰랐다.

도치는 주방 입구에 걸터앉은 채 쏟아지는 빗줄기를 물끄러미 바라보고 있었다. 방문을 통해 흘러나오는 여인의 고통스런 신음 소리를 차마 들을 수 없어 귀를 틀어막았다.

그러면서 그는 여인의 신음 소리를 잊기 위해 다른 쪽으로 생각을 집중했다.

여인의 신분은 무엇일까. 왜 만삭의 몸으로 집을 나섰을까. 어떤 연유로 천민 부락까지 이른 것일까. 혹시 누군가에게 쫓기는 신세일까. 만일 여인이 갈 곳 없는 신세라면 어떻게 해야 할까. 그리고 아이의 아버지는 대체 누구일까…….

어느 한 가지도 해소할 수 없는 의혹이기에 그의 의문은 꼬리를 물고 이어졌다.

얼마나 지났을까.

갑자기 천둥과 같은 울음소리가 그의 고막을 강타했다.

"으아앙!"

도치의 얼굴에 환한 미소가 피어올랐다.

"아, 낳았다!"

벌떡 일어선 그는 방으로 달려가려다가 무당할멈의 엄중한 경고를 떠올리고는 걸음을 멈추었다.

"가만, 할멈이 나설 때까지 기다려야 돼. 함부로 문을 열면 부정 탄다고 했어."

도치는 연신 두 손을 비비며 처마 아래에서 종종걸음을 쳤다. 그는 아기가 무사히 태어났기에 천지신명에게 감사를 올리면서 산모의 안위도 기원했다.

잠시 후 문이 열리면서 무당할멈이 강보를 안고 나섰다.

"옥동자일세."

갑작스레 아이를 받아내느라 무당할멈의 주름살이 한 겹 더 늘어났지만 표정은 더없이 환해 보였다.

무당할멈이 강보에 싸인 아기를 슬쩍 보여주자 도치는 설레는 가슴을 주체하지 못하고 두 손을 내밀었다.

"내가 잠시… 안아봐도 돼?"

무당할멈은 히죽 웃음을 흘렸다.

"물론이네. 자네는 그럴 자격이 있지 않은가?"

"혜, 내가 무슨 자격이 있다고……."

"그런 소리 말게. 자네가 산모를 구하지 않았다면 이 아이가 어떻게 무사히 태어났겠는가?"

무당할멈이 강보를 건네주자 도치는 조심스럽게 안으며 아기를 살펴보았다.

눈을 꼭 감은 아기는 아직 울긋불긋하고 솜털이 보슬보슬했지만 갓난아이답지 않게 콧날과 입술 선이 또렷했다.

도치는 마치 자신의 아기를 안은 듯 감격에 젖었다.

"이 녀석, 정말 잘생겼네."

"그러게. 엄마를 닮았으니 천하의 미장부가 될 용모일세. 훗날 계집깨나 울리겠어."

"하핫, 괜찮군. 차라리 계집을 울리는 게 낫지 계집 때문에 울어서야 되겠는가?"

도치는 강보를 어루만지며 아기의 얼굴에서 눈을 떼지 못했다. 그러다 퍼뜩 산모를 떠올리며 무당할멈에게 시선을 돌렸다.

"참, 산모는 어떠한가? 괜찮겠지?"

"정신력이 대단한 여인일세. 기력이 쇠진한 상태에서도 기어코 정신을 차려 아이를 낳고는 다시 혼절했네."

"저런, 위험한 상태인가?"

"맥이 약하지만 그래도 불안정하지는 않으이. 일단 산모를 안정시키고 기력을 회복시키는 게 중요하네."

"기력을 회복하려면 잘 먹어야 할 텐데… 아, 주방에 왕각이 챙겨준 닭이 한 마리 있네. 이왕 수고한 김에 죽을 부탁하네."

무당할멈은 요상한 웃음을 흘리고는 자신이 가져온 대나무 망태를 집어 들었다.

"헐헐. 자네 먹을 음식을 몇 가지 챙겨왔는데 아주 희한한 일을 겪는군그래."

주방으로 들어선 무당할멈은 닭죽을 끓이기 시작했다.

닭죽이 끓는 동안 무당할멈은 장작을 뒤적이다가 다소 우려의 빛을 띠었다.

'평소 계집이라면 그저 하룻밤 노리개로 여기는 도치였는데 아기 엄마한테는 단단히 반했나 보군. 하기는 그처럼 어여쁘고 매력적인 여인을 보고도 반하지 않는다면 사내도 아니지.'

죽이 다 쑤어지자 무당할멈은 도치가 먹을 음식까지 마련해 놓고는 주방을 나섰다.

그때까지 도치는 강보를 품에 안은 채 꼼짝도 하지 않고 있었다. 자칫 아기를 깰 것을 우려한 것이다.

무당할멈은 소리없는 한숨을 내쉬었다.

'큰일이로군. 아기엄마가 이런 천민 부락에 머물러 살 사람도 아닌데 나중에 어찌하려고……'

무당할멈이 다가서자 도치는 아쉬운 듯 강보를 내밀었다.

"이제 엄마 곁에 재워."

"자네는 어쩔 셈인가?"

"어쩌기는? 난 주방에서 자면 돼."

"그저 좋은 일 한번 했다고 생각하게나."

무당할멈은 의미심장한 한마디를 던지고는 강보를 안고 방으로 들어갔다.

무당할멈이 다시 방에서 나서자 도치는 은자 주머니를 무당할멈의 손에 쥐어주었다.

"고생 많았어, 할멈. 나 당분간 부락에도 내려가지 않을 테니 그렇게 알아."

무당할멈한테 입단속을 하라는 경고였다.

두둑한 은자의 무게에 무당할멈은 입이 귀밑까지 찢어졌다.

"아이고, 우리 사이에 뭘 이런 것을."

무당할멈은 은자 주머니를 품속에 단단히 챙겨 넣었다.

"산모의 기력 회복에는 잉어탕만 한 게 없다 했어. 수삼 일 내로 챙겨 오겠네."

3

도치의 거처가 대대적으로 개조되었다.

도치는 밤새 대나무를 뿌리째 뽑아 자신의 움막 마당에 옮겨다 심었다. 열두 폭의 대나무 숲이 하나의 방벽이 되어 움막을 가렸다.

도치는 대나무 숲 앞에 작은 움막을 하나 지어 그곳에 머물렀다.

산모와 아기에게 자신의 집을 내주고 오히려 곁방살이를 하게 되었지만 도치는 조금도 불편해하지 않았다. 오히려 산모에게 필요한 물품을 제대로 챙겨주지 못함을 안타깝게 생각했다.

무당할멈은 사흘 후에 다시 찾아왔다.

"수서호에서 낚은 잉어일세. 돈 좀 썼지."

새끼에 꿴 팔뚝만 한 잉어는 아주 신선해 보였다.

무당할멈은 완전히 바뀐 도치의 처소를 보고는 혀를 내둘렀다.

"이렇게까지……."

"이래야 산모가 편하게 요양을 할 수 있잖아?"

"산모와 얘기는 나눠보았는가?"

"불편해할 것 같아 들어가 보지 않았어."

도치는 아쉬운 눈빛으로 대나무 숲 사이를 이리저리 살폈다.

"확실히는 몰라도 잘 지내는 것 같아. 간간이 아이 울음소리가 들려오는데… 고 녀석 울음소리가 왜 이렇듯 듣기 좋은지 모르겠네."

"쯧쯧, 전혀 도치답지 않군."

무당할멈은 대나무 숲을 헤치고 앞으로 들어갔다.

잠시 후 무당할멈이 강보에 싸인 아기를 안고 나왔다.

"산모가 수욕을 하고 싶어하네."

강보를 안아 든 도치는 쌔근쌔근 잠들어 있는 아기를 보고는 입이 절로 벌어졌다.

"허허, 이 녀석. 자는 모습도 장군감일세."

"산모가 자네에게 진심으로 고맙다는 말을 전해달라고 하더군."

"고맙기는… 워낙 비루한 곳이라……."

"산모의 이름은 화우(花雨)일세."

"화우……?"

"물론 본명은 아닐 것이네. 그런 귀부인이 어떻게 천민 부락까지 찾아왔는지 몰라도 자신의 신분을 밝히고 싶지 않을 것이네."

"아무렴 어때? 화우라… 하면 화 부인으로 칭해야겠군."

도치는 품에 안고 있는 아기에게로 시선을 돌렸다.

"참, 이 녀석 이름은 뭔가?"

"화 부인이 자네에게 한 가지 부탁을 하더군. 아기의 이름을 지어달라고 했네."

"나… 날 보고 이름을 지으라고?"

도치는 충격과 감동으로 눈을 휘둥그레 떴다.

"잘 지어보게나, 도치."

무당할멈은 묘한 웃음을 짓고는 다시 대나무 숲으로 들어갔다.

움막에 걸터앉은 도치는 설렘과 고민에 젖어 아기를 바라보았다. 아직 눈도 제대로 뜨지 못하는 아기는 입술을 옹알거리며 달콤한 젖 냄새를 풍겨냈다.

"큰일이네. 뭐라고 이름을 짓지? 이름이 운명을 결정한다고 했으니 함부로 지을 수도 없고……."

아기의 이름 짓기.

수년 이래 도치에게 가장 어렵고도 고민스런 과제였다.

그는 글을 모르기에 어떤 글자를 갖다 붙여야 할지도 몰랐다.

천민 부락의 천민들은 성(姓)을 가질 수 없기에 짐승의 이름이나 숫자로 불리는 게 일반적이었다. 해서 아이들을 돼지에서 따와 돈삼(豚三)이나 돈칠(豚七)로 부르거나, 부모의 직업에 따라 피소(皮小)나 피중(皮中)으로 부른다.

"내가 도치이니 이 녀석을 도소(刀小)라 할까. 아니, 그것은 너무 흔해. 도무, 도장, 도골, 도초, 도당, 도공……."

도치는 수백 개의 이름을 꿰어 맞추다가 눈을 번쩍 떴다.

"그래, 도영! 넌 칼의 영웅이 될 아이다, 도영!"

도영(刀英)!

이것이 아기의 이름이었다.

第二章
포정(庖丁)의 칼

刀皇
1

　도영이 태어난 지 삼칠일(三七日).

　스무하루가 지나 이제 산모와 아기에 대한 금기가 해소되었
다.

　화우의 초대를 받은 도치는 묘한 설렘을 가슴에 안고 대나
무 숲 안으로 들어섰다. 삼십 년 가까이 자신이 살아온 집이건
만 마치 남의 집을 방문하는 심정이었다.

　대나무 숲을 나선 도치는 자신이 살아온 움막을 보고는 눈
이 휘둥그레졌다.

　"어……?"

　예전에 그가 살던 움막이 아니었다.

　비만 오면 질퍽했던 마당에는 조약돌이 두툼하게 깔려 있었

고 보기에도 위태로운 움막은 운치있는 대나무 초옥으로 바뀌어 있었다.

여러 개의 대나무를 한데 묶은 기둥은 튼튼한 통나무를 방불케 했고, 촘촘하게 엮은 대나무 가지를 얹은 지붕은 폭우가 쏟아져도 집 안으로 비가 흘러들지 않을 것 같았다.

본래 주방과 방 한 칸이 전부였는데 새롭게 방이 하나 더 만들어져 있었다.

이제는 움막이 아니라 어엿한 초옥이었다.

도치는 자신이 귀신에 홀린 것은 아닌지 연신 눈을 비볐다.

"대체 어떻게 된 거야?"

움막을 개조하고 증축하려면 대나무를 깎고 다듬는 작업을 거쳐야 한다. 한데 그러한 작업 소리를 전혀 듣지 못했기에 도치는 불현듯 등줄기가 서늘해졌다.

'혹시 귀신……?'

물론 터무니없는 공상이다.

여인이 낳은 아이를 그가 직접 안아보았기에 여인이 귀신일 리는 없다. 그러다 여인의 절세적인 미색을 떠올린 도치는 피식 실소를 흘렸다.

'훗, 하늘에서 내려온 선녀라면 이런 요술도 가능하겠지.'

도치는 마당에 깔린 조약돌을 밟고 초옥 앞으로 다가섰다.

"저어, 화 부인……."

곧바로 문이 열리며 하얀 무명옷을 걸쳐 입은 여인이 밖을 나섰다.

"오셨군요, 은공."

하늘의 달과 들판의 꽃을 무색하게 만들 만큼 빼어난 옥용의 여인.

여인은 바로 도치가 구한 화우였다.

아이를 낳고 스무 날 동안 요양을 해서인지 여인의 안색은 비교적 안정돼 보였다.

화우가 공손하게 예를 올리자 도치는 어쩔 줄을 몰라 했다.

"부인, 소… 소인은 비천한 천민입니다. 말씀 낮추십시오."

"사람에게 어찌 귀천이 따로 있겠습니다. 은공을 만나지 못했다면 소첩은 물론이며 아기 또한 무사하지 못했을 것입니다."

"소인은 그저……."

"소인이라는 말씀, 듣기 불편합니다. 은공께서는 누구한테도 부끄럽지 않은 대장부이시니 당당하게 행동하십시오."

질책이 아니었다. 화우의 맑고 또렷한 음색은 도치에게 전에 없는 자긍심을 불어넣어 주었다.

도치는 자신도 모르게 가슴을 쫙 폈다.

"알겠소, 화 부인. 이 도치는 무지한 놈이니 무례를 탓하지 마시오."

그는 방 안을 살피며 물었다.

"도영이 녀석은 안에 있소?"

"지금 방에서 자고 있습니다."

화우는 눈짓으로 새로 만들어진 작은 방을 가리켰다.

아기를 위한 방.

도치는 화우가 아기와 함께 천민 부락에 눌러 살려는 것은 아닌가 싶어 은근한 기대에 젖었다.

화우는 도치를 안채로 안내했다.

"드시지요."

"그럽시다."

방으로 들어선 도치는 또 한 번 놀라고 말았다.

예전에는 대나무 사이를 진흙으로만 발라놓았기에 몹시 지저분했는데 지금은 대나무를 쪼개 깔끔하게 이어 붙였기에 아늑함과 정갈함이 동시에 느껴졌다.

또한 바닥에도 정교하게 짜인 대나무 자리가 깔려 있어 서생의 방처럼 운치가 물씬 풍겼다.

방 한쪽으로 휘장이 반쯤 드리어진 침소가 마련돼 있는데, 예전에는 없던 대나무 침상이 놓여 있었다.

도치가 멀뚱하게 서 있자 화우가 그를 창가의 탁자로 이끌었다.

"앉으시지요."

대나무 탁자 위에는 몇 가지 요리와 술이 한 단지 놓여 있었다.

도치는 식욕을 자극하는 향기로운 음식 냄새에 입안에 절로 침이 고였다.

"화 부인이 직접 만든 요리요?"

"도 은공의 크나큰 은혜에 보답할 길이 없어 약간의 요리를 만들어 보았습니다. 소첩의 자그마한 성의입니다.”

화우는 접시에 요리를 덜어 도치에게 건넸다.

접시를 받아 든 도치는 감격스러웠다. 난생처음 이렇듯 자상한 시중을 받아본 것이다.

요리를 한 점 먹어본 도치는 혀가 녹을 듯한 맛에 더욱 감동에 젖었다.

여태껏 짐승의 가죽이나 내장, 시든 채소만 먹어본 그로서는 이렇듯 죽순과 연한 살코기가 어우러진 완벽한 요리는 처음이기에 가히 천상의 맛이었다.

“정말 맛있소. 이런 요리는… 생전 처음 먹어보았소.”

“과분하신 평가입니다.”

화우는 술잔에 술을 따라 건배를 청했다.

“다시 한 번 도 은공의 은혜에 감사드립니다.”

그윽한 복숭아 향기가 흘러나오는 도화주(桃花酒)였다.

양주에 도화림이 지천이지만 천민 부락 내에는 꽃나무 자체가 없다.

천민 부락의 경계를 넘어가야 복숭아꽃을 구할 수 있지만 도치는 향기로운 요리와 술에 취해 화우가 어떻게 도화주를 담갔는지는 생각지도 않았다.

두 사람은 거푸 석 잔의 술을 건배했다.

화우의 백옥 같은 얼굴에 술기운이 감돌며 양 볼에 은은한 홍조가 비쳤다.

도치는 그동안 가슴에 품고 있었던 궁금함을 참지 못하고 물었다.

"화 부인은 대체 어떤 분이시오? 어떤 연유로 이곳 천민 부락까지… 게다가 왜 내게 아기의 이름을……."

"소첩의 사연은 천천히 말씀드리겠습니다. 자, 드세요."

화우가 다시 술을 따라주자 도치는 거절하지 못하고 권하는 족족 술잔을 비웠다.

도치의 눈에 비친 화우는 인간의 여인이 아니라 천상의 선녀이며 그림 속 환상이었다. 바라보기만 해도 환상이기에 그녀가 권하는 술에 독이 들었다 해도 마다할 그가 아니었다.

도치가 취하면서 자신의 살아온 내력과 현재의 삶을 푸념처럼 늘어놓았다.

평소 말술에도 잘 취하지 않는 그였지만 도화주 한 단지에 크게 취하고 말았다.

사실 술 때문이라기보다는 화우와 한 방에 단둘이 있다는 묘한 설렘과 간간이 미소 짓는 화우의 뇌쇄적인 매력에 취한 것이다.

날이 저물자 화우는 유등을 하나 밝혔다.

평소 도치가 사용하는 돼지기름 유등이 아니라 동백유를 사용해서인지 향기마저 은은했다.

이때 화우가 몸을 일으키며 공손히 손을 모았다.

"도 은공께 간곡한 청이 하나 있습니다."

"말해보시오."

"도영이를 부탁드립니다."

"그게… 무슨 소리요, 화 부인? 도영이를 왜 내게……?"
"그리해 주시겠다고 말씀해 주십시오."
"나는 당최 이해가 되지……."
"부탁입니다, 도 은공."
"이거야 원……."
애절한 눈망울과 눈길이 마주치자 도치는 차마 못하겠다는 말을 할 수가 없었다. 아니, 그녀가 원한다면 자신의 목숨이라도 기꺼이 바칠 그였다.
도치는 맹세를 하듯 한 손을 쳐들며 결연하게 말했다.
"알겠소. 도영이는 이 도치가 책임지겠소."
"고맙습니다, 은공."
화우는 정중히 예를 올리며 연신 감사를 표했다.
이어 방을 나간 화우는 김이 모락모락 피어오르는 물을 대야에 담아 가져왔다.
도치 앞에 부복해 앉은 화우는 소매를 걷어붙였다. 속살이 백설처럼 희었고 옥처럼 투명했다.
"저희 모자를 구해주신 은공께 달리 보답할 길이 없어 너무도 송구스럽습니다. 하여 은공의 발을 씻겨드리고 싶습니다. 소첩의 자그마한 성의이니 부디 사양치 마십시오."
누군가 자신의 발을 씻겨준다.
이는 노예나 하인을 둔 상전이나 누릴 수 있는 호사다.
도치가 정색하며 일어섰다.
"왜, 왜 이러는 거요, 화 부인? 부인의 고귀한 손으로 어찌

이 도치의 더러운 발을 씻겨주려는 것이오?"

"앉으세요, 도 은공. 이런 성의도 표하지 못한다면 소첩은 평생 죄인처럼 살아야 합니다."

"이럴 수는 없소. 화 부인이 대접해 준 이 따뜻한 식사만으로도 나는 감격을 금치 못하고 있소. 이 도치가 비록 무지하고 배운 게 없지만 도리가 무엇인지는 조금 알고 있소. 더군다나 고귀한 부인께서 천민의 발을 씻겨준다는 것은 국법에도 어긋나오."

"소첩은 한갓 떠돌이 계집일 뿐 결코 고귀한 신분이 아닙니다. 은공께서는 더 이상 사양치 마십시오."

화우가 손을 잡아끌자 도치는 마력에 취한 듯 주저앉고 말았다.

그녀의 연약한 손에서 도치를 주저앉힐 만큼 강력한 기운이 발출됐지만 도치는 그것을 전혀 인식하지 못했다. 그저 자신이 화우의 손길을 뿌리칠 수 없었기 때문으로 여겼다.

도치의 발은 짐승의 것인 양 흉측했다.

제대로 깎지 않은 발톱은 너무 길어 안으로 굽었고, 발바닥은 두터운 굳은살로 덮여 쩍쩍 갈라져 있었다. 때가 덕지덕지 낀 시커먼 발은 언제 씻었는지 도치도 기억할 수 없었다.

도치는 자신의 치부를 드러낸 것 같아 너무도 부끄러웠지만 화운의 부드러운 손길과 접하는 순간 맥이 쭉 빠져 일어설 생각도 하지 못했다.

먼 길을 다녀온 남편을 아내가 발을 씻겨주는 경우는 종종

있다.

화우는 마치 남편의 발을 씻겨주듯이 도치의 발을 정성껏 씻겨주었다. 단지 발만 씻겨준 것이 아니라 작은 칼로 도치의 굳은살을 잘라내고 발톱까지 깔끔하게 다듬어주었다.

평생 눈물이라는 것을 모르고 살아온 도치이지만 분에 넘치는 호사에 감동의 눈물이 핑 돌았다.

정성 어린 식사와 세족(洗足).

그에게는 평생 잊지 못할 하루 저녁의 호사였던 것이다.

쏴아아아……!

초옥의 벽을 때리는 요란한 빗소리에 도치가 눈을 떴다.

편안한 대나무 침상.

어제저녁 화우로부터 과분한 대접을 받은 그는 그대로 초옥에서 자게 되었다. 화우의 침상에서 절로 풍기는 향기에 취한 그는 세상모르고 곯아떨어졌다.

몸을 일으켜 앉은 도치는 자신의 뒷목을 툭툭 쳤다.

"맞아, 화 부인은 도영과 함께 자겠다며 작은 방으로 갔지?"

말술을 마셔도 취하지 않는 그는 자신이 도화주 몇 잔에 취한 것이 당최 이해가 되지 않았다.

그는 어제저녁 화우가 씻겨준 발을 매만졌다.

곰 발바닥 같은 그의 발이 믿을 수 없을 만큼 깔끔하게 변해 있었다. 발을 통해 아직도 화우의 손길이 느껴지는 것 같았다.

도치는 헤픈 웃음을 흘리며 터무니없는 상상에 젖었다.

‘화 부인이 이참에 부락에 눌러 살려는 것은 아닌지 몰라.’

도치는 웃옷을 걸치고 방을 나섰다.

쏴아아……!

조약돌이 깔린 마당으로 봄 가뭄을 해소해 줄 시원스런 빗줄기가 쏟아지고 있었다.

주방으로 들어가 항아리의 물을 한 사발 퍼마신 도치는 일순 의혹이 일었다. 깨끗하게 정돈돼 있는 주방이 별반 마음에 들지 않았다.

도치는 불현듯 어제저녁 있었던 화우의 간곡한 청을 떠올렸다.

“도영이를 부탁드립니다.”

“어엇……?”

비로소 혼몽 속에서 깨어난 도치는 작은방의 문을 열고 들어섰다.

대나무로 제작된 아기 침상 위로 도영이 새근새근 잠들어 있었다. 잠시 전까지 젖을 빨았는지 입가에서 특유의 젖 냄새가 풍겼다.

“고 녀석…….”

도치는 도영의 볼을 토닥이다가 강보에 놓인 하나의 물건을 보게 되었다.

반쪽 난 둥근 옥패.

옥패 앞면에는 봉황의 그림이, 뒷면에는 하나의 글자가 새겨져 있었다. 도치는 글을 모르기에 설사 옥패가 온전했어도 그것이 무슨 글자인지 알지 못한다.

도치는 잠시 옥패를 매만지다가 가슴이 덜컥 내려앉았다.

"가만, 화 부인이… 떠난 것인가?"

그가 비록 배움이 없어 무식했지만 아둔한 사람은 아니기에 현 상황을 직감할 수 있었다.

"화 부인!"

방을 뛰쳐나온 도치는 초옥 뒤편의 대나무 숲을 헤치며 달려갔다. 삼칠일 전 화우를 처음 발견했던 그곳을 찾아간 것이다.

한데 세찬 빗줄기만 쏟아질 뿐 화우의 모습은 보이지 않았다.

"화 부인!"

도치는 가파른 벼랑을 타고 올랐다.

벼랑 너머로는 깎아지른 단애가 펼쳐져 있어 산짐승조차 접근이 어렵다.

쏴아아아……!

장대비가 쏟아지는 단애 아래에서는 자욱한 물안개가 피어오르고 있었다.

능선을 따라 오르내리던 도치는 회색 하늘을 향해 고개를 쳐들었다. 허망한 빛이 감도는 눈망울에 아쉬움이 가득했다.

"화우… 대체 당신은 누구요? 당신의 귀한 아이를 왜 세상에서 가장 비천한 망나니에게 맡겼단 말이오? 왜……!"

도치는 이별 한마디 나누지 못했다는 사실이 더욱 안타깝고 가슴 아팠다.

그러다 도영을 떠올린 그는 비로소 한 가지 의문을 해소할 수 있었다.

"그래, 화우는 진작부터 내게 도영을 맡길 생각이었어. 그래서 내게 이름을 지어달라고 요청한 것이지……."

허탈함을 가슴에 안고 벼랑에서 내려온 도치는 초옥으로 돌아왔다.

언제 깨어났는지 도영은 울지도 않고 옹알거리면서 혼자 놀고 있었다.

도영을 안아 든 도치는 절로 눈시울이 뜨거워졌다.

수수께끼의 여인 화우가 남기고 간 선물.

도치는 도영을 품에 안으며 뜨겁게 외쳤다.

"도영, 이 녀석아! 넌 이제부터 내 아들이다! 누가 뭐래도 나 도치의 아들 도영이라고!"

망나니 도치의 아들이 된 도영.

그리고 십오 년이 흘렀다.

2

슥삭슥삭……!

숫돌에 칼을 가는 손놀림이 유연하다.

벗은 상체에 가죽 갖옷만 달랑 걸친 소년이 칼을 갈고 있었다. 소년이 갈고 있는 칼은 주로 공방에서 사용되는 작은 칼과 조각도였다.

소년은 천민 부락에서 가장 뛰어난 칼갈이였기에 천민 부락 내에서 사용되는 도구 상당수가 그에게 맡겨졌다.

본래는 망나니 도치의 일이었는데 두어 해 전부터 소년이 도치를 대신해 전문적으로 칼을 갈게 되었다.

소년은 칼갈이를 마친 조각도를 물에 씻은 후 천으로 깨끗하게 닦았다.

손끝으로 조각도의 예리한 날을 매만져 본 소년은 희미한 온기를 감지하고는 고개를 끄덕였다.

"제대로 간 것 같군."

소년은 스스로 흡족한 미소를 띠고는 조각도를 가죽 띠에 꽂았다. 커다란 가죽 띠에는 공방에 전달할 조각도와 소도가 빼곡하게 꽂혀 있었다.

칼갈이 작업을 마친 소년은 물을 한 모금 마시고는 치렁치렁한 장발을 귀 뒤로 쓸어 넘겼다.

열대여섯 정도로 보이는 소년은 천민 부락의 여느 아이들처럼 제대로 씻지 않아 꾀죄죄했다. 하지만 자세히 뜯어보면 천민 부락의 여느 아이와는 확연하게 구분되었다.

땟국물이 줄줄 흐르는 얼굴임에도 불구하고 흑백이 또렷한 눈망울은 보석을 박아놓은 듯 빛을 발했다. 콧날은 아이답지 않게 오뚝했으며 살짝 올라간 입꼬리에서는 타고난 오만함이 엿보였다.

소년의 이름은 도영.

십오 년 전 천민 부락으로 흘러들어 온 수수께끼의 여인 화우가 남겨놓은 아이다.

도영의 출신에 대해서는 무당할멈만이 제대로 알고 있었는데, 수년 전 무당할멈이 죽었기에 그의 내력에 대해 알고 있는 사람은 이제 도치뿐이다.

도치는 갓 태어난 도영을 숨겨 밖으로 데려가 마치 밖에서 아기를 구해온 것처럼 떠들어댄 후 천민 부락 내에서 키웠다. 하기에 누구도 도영이 천민 부락 내에서 태어났다고는 짐작하지 못했다.

도치의 아들로 키워진 도영은 워낙 비범한 용모를 지녀 어렸을 적부터 부락민들에게 경계의 대상이었다. 짐승만도 못한 천민으로 살아가야 하는 그들에게 있어 남다른 용모나 재예는 오히려 화를 불러올 수 있기 때문이다.

도치 또한 이를 잘 알기에 도영을 제대로 씻기지 않았고 가죽 갖옷만 달랑 입혀 키웠다. 지저분한 행색으로 타고난 귀티를 겨우 가리기는 했지만 천민 부락 내에서 도영은 단연 돋보이는 존재였다.

대다수의 천민들은 글을 배우는 것이 허락되지 않았고, 아예 글을 배울 생각도 하지 않지만, 도치는 공방의 현자인 초현에게 도영을 보내 은밀하게 글을 배우도록 시켰다.

도치는 이런 사실을 비밀에 붙인 채 대외적으로 도영을 까막눈으로 취급했지만 내심 불안감을 금치 못했다.

싸고 싼 사향도 결국은 그 향기를 드러내듯이 벽옥처럼 뛰어난 도영의 특출함이 드러날까 우려한 것이다.

그러나 도치의 우려와 달리 도영은 천민 부락의 아이들과 스스럼없이 잘 어울렸다. 쌍스런 말투며 거친 행동은 여느 아이들과 다를 바 없었기에 그의 존재는 천민 부락 내에서 완전히 녹아들게 되었다.

망나니 도치의 아들 도영.

이제 이를 부인하거나 의심하는 사람은 아무도 없었다.

도영은 조각도가 빼곡하게 꽂힌 가죽 띠를 어깨에 두르고는 작업실을 나섰다.

이때 누군가 대나무 숲 사이의 길로 들어섰다.

"이놈아, 도치 있느냐?"

사내치고는 지나치게 가는 음색이기에 듣기가 다소 거슬렸다.

도영은 마당으로 들어선 사람을 힐끗 쓸어보았다.

누군가 입다 버린 관복을 나름대로 공들여 꿰맸는지 아주 남루해 보였다.

쥐처럼 하관이 빠른 사내는 공연히 헛기침을 하고는 오만스레 내뱉었다.

"이놈아, 귓구멍에 진흙이라도 처바른 것이냐? 이 어르신이 묻지 않았느냐?"

도영은 사내를 물끄러미 바라보다가 퉁명스레 말을 받았다.

"아저씨는 누구야?"

"뭐, 뭐야? 아저씨?"

사내는 지독한 모욕이라도 당한 듯 얼굴을 벌겋게 물들였다.

"버러지 못한 천민 주제에! 이놈아, 나는 형정사(刑政司) 소속의 송충이다! 당장 무릎을 꿇고 고하지 못할까?"

"큭, 웃기고 있네."

도영이 가소롭다는 듯 실소를 흘리자 송충은 목에 핏대를 세웠다.

"뭐라고? 웃기고 있네? 네놈이 정녕 형부로 끌려가 독형을 당하고 싶은 게냐?"

"그랬다가는 우리 도부(刀斧)한테 목이 달아날 텐데? 도부한테 부탁하러 왔으면 순순히 부탁해. 괜한 거드름 피우지 말고 말이야."

"이 새끼!"

보다 못한 송충이 주먹을 내질렀다.

그의 완력이 대단치는 않아도 열다섯 살짜리 아이 정도는 때려 뉘일 자신이 있었다. 게다가 도영의 체구가 우람한 편도 아니다.

한데 도영은 상대의 주먹이 날아드는 데도 눈 하나 깜빡이지 않았다. 유현한 눈빛은 추호도 흔들리지 않았고, 살짝 올라간 입꼬리에는 조롱의 빛이 역력했다.

도영과 눈길을 마주친 송충은 그만 맥이 탁 풀렸다. 그는 도영의 코앞까지 뻗은 주먹을 슬며시 회수했다,

"이놈, 마빡에 피도 안 마른 것을 다행으로 여겨라."

송충이 제풀에 질려 주먹을 거둬들이자 도영은 더욱 빈정거렸다.

"아저씨나 조심해. 행색을 보아하니 형정사에서 심부름이나 하는 신분인 것 같은데 감히 관복을 입고 다녀? 그러다 엄한 순검을 만나면 작살날걸."

송충은 가슴이 덜컥 내려앉았다.

'요… 요 자식이 어떻게……?

도영이 지적한 대로 그는 형정사 소속이지만 정용(丁勇) 신분이기에 정식 품계를 받은 관리가 아니다. 그렇다 해도 관리에 준하는 신분인만큼 위세가 당당했다.

모든 부류의 사람들이 그러하듯 작은 권세를 지닌 자일수록 횡포가 심하게 마련이다.

형정사의 관리들은 천민 부락에 발을 들여놓는 것조차 꺼려하기에 특별한 용무가 있을 경우 대부분 정용에게 지시를 내리는 것이 일반적이다.

하기에 상부의 지시를 받고 천민 부락으로 들어선 정용은 마치 고관대작이라도 된 듯이 우쭐대며 부락민들을 버러지처럼 취급하기 일쑤였다.

그렇다 해도 우매한 천민들이기에 부락을 찾아온 사람이

정식 관리인지 정용인지 구분하기 못하기에 쩔쩔맬 수밖에
없다.

한데 고작 열댓 살짜리 아이가 대번에 자신의 직급을 간파
하자 송충은 주눅이 들지 않을 수 없었다.

"허엄, 이런놈이 무얼 안나고……!"

송충은 도영의 눈길을 피하며 애써 체면치레를 하려 했지만
도영은 계속 몰아붙였다.

"헹, 알겠어. 포쾌(捕快)만 해도 허리춤에 패찰을 걸고 다니
는데 그것조차 없는 것을 보니 정용쯤 되겠어. 백두(白頭)에 불
과한 정용도 평민과 마찬가지인데 뭐 그리 잘났다고 거드름이
야?"

연속되는 공박에 송충은 그만 얼이 빠져 버렸다. 더 있다가
는 무슨 조롱을 당할지 몰라 황급하게 돌아섰다.

도영은 실소를 흘리고는 그를 소리쳐 불렀다.

"도부를 찾아왔다면서? 용무가 있을 텐데 그냥 갈 거야?"

그제야 송충은 자신이 천민 부락에 찾아온 용무를 상기하고
는 급히 걸음을 멈추었다.

"도치한테 전해라! 내일 오시에 집행이 있다! 늦지 마라!"

송충은 대나무 숲을 가로질러 부락으로 내려왔다.

좁고 지저분한 길을 따라 도방에 이른 송충은 도장을 호출
했다.

도방을 책임지고 있는 도장은 절름발이 중년인으로 도치와
친분이 두터운 왕각이었다.

"나리, 닭을 몇 마리 준비해 두었습니다요."

성내의 정용이 용무 때문에 천민 부락을 방문하면 은밀하게 고기를 제공하거나 공예품을 상납하는 것이 관례였다.

그렇지 않았다가는 성내에 제공해야 할 공납품이 대거 늘어나기에 적당한 뇌물이 필요했다.

송충은 정색하며 손사래를 쳤다.

"닭은 필요없네. 물이나 한 사발 주게."

왕각이 물을 내오자 송충은 단숨에 사발을 비우고는 가슴을 진정시켰다.

"한 가지 묻겠네. 저기 대나무 숲 언덕에 사는 그 도깨비 놈은 대체 누구인가?"

"도깨비 놈이라면… 아, 도영을 말씀하시는 거군요?"

"도영? 놈이 도치의 자식 놈인가?"

"그렇습니다요. 한데 왜……."

"아, 별거는 아니고… 하도 맹랑해서 말일세."

왕각은 대충 무슨 사연인지 짐작하고는 짐짓 도영을 비호했다.

"나리, 도영 그 녀석이 도치를 믿고 말과 행동이 못돼 부락 내에서도 따돌림을 받고 있습니다요. 본래 그런 놈이려니 생각하십시오."

"뭐, 그래야겠지."

송충은 쓸쓸함을 곱씹고는 돌아섰다. 왕각이 손질한 생닭을 한 자루 내왔지만 송충은 끝내 받지 않았다.

‘도영이란 꼬마 놈이라면 뇌물을 문제 삼아 나를 형정사에
고발할 수도 있다. 차라리 닭 몇 마리 안 먹고 말지.’

도영은 가죽 띠를 어깨에 메고 부락으로 내려왔다. 잘 갈아
놓은 조각도와 작업 도구를 공방에 전하기 위함이었다.

그는 지저분한 골목을 따라 먼저 도방부터 들렀다.

도방에서는 한창 닭이 도살되고 있었다.

팍! 팍!

사각도로 가차없이 닭 모가지를 쳐대는 청년은 송충이 눈썹
에 부리부리한 눈의 소유자였다.

모가지가 잘린 닭은 즉시 펄펄 끓는 가마솥에 던져졌다가
뜰채에 건져져 곧바로 끌어올려졌다.

십수 명의 아이가 둥그렇게 둘러앉아 닭털을 뽑고 있었다.

천민 부락 내에서는 아이라도 일을 해야 밥을 먹을 자격이
있다. 하기에 서너 살짜리 아이도 손에 장난감 대신 닭을 쥐고
털을 뽑아야 했고, 나이가 조금 더 든 아이들은 집게로 닭발의
발톱을 뽑는 일에 동원되었다.

도영은 칼갈이 담당이지만 작업량이 많지 않아 천민 부락
아이들 중에서는 가장 편하게 지내는 편이었다.

도영이 닭 도살장으로 들어서자 닭털을 뽑고 있던 아이들이
모두 아는 체를 했다.

“도영 형, 왔어?”

“오늘은 과자 없는 거야?”

"형, 지난번 과자는 정말 맛있었어!"

아이들이 도영을 반기는 이유는 천민 부락 내에서 가장 돈을 많이 버는 도치의 아들이기 때문이다.

도치의 칼솜씨가 워낙 좋다 보니 참수형을 선고받은 죄인의 식솔들 상당수가 도치를 망나니로 선호했기에 뒷돈과 사례가 두둑하게 오갈 수밖에 없었다.

도치는 달리 돈 쓸 데가 없기에 도영을 위해 맛있는 과자며 과일을 잔뜩 사 왔고, 그것은 대부분 부락 내의 아이들에게 분배되었다.

게다가 도영은 말주변이 좋아 아이들을 즐겁고 해주고 주먹질이 센 아이로부터 또래를 보호해 주는 의리도 있어 가장 인기가 높았다.

도영은 작업장을 돌다가 예닐곱 살 난 아이의 머리를 헝클어주었다.

"인마, 닭털은 적당히 뽑아서 넘겨. 그러다 네 손톱 다 망가지겠다."

"안 돼. 검수관에게 잘못 걸렸다가는 도장 아저씨만 벌을 받게 된다고."

"둘러대면 되잖아. 여기서는 깨끗하게 손질해서 보냈는데 운송 도중 솜털이 자라났다고 말이야."

"헤헤, 말도 안 돼."

"그런 것을 보고 기문괴사(奇問怪事)라고 하는 거다. 우리 같은 천민들이 고민할 문제가 아니야. 먹물 냄새 풍기는 관리나 글 선생들이 어떻게 해석하느냐가 문제이지.”

말도 안 되는 억지에 아이들은 킥킥 웃음을 터뜨렸다.

도영은 계집아이들이 손질해 놓은 닭발을 하나 집어 들고 우둑우둑 씹었다. 닭발은 천민 부락 아이들이 가장 즐겨 먹는 간식이지만 다소 비리기에 날것으로 먹는 아이는 많지 않았다.

도영은 하루 대부분을 닭털이나 뽑으며 살아야 하는 아이들의 고단한 삶을 익히 알기에 자그마한 희망을 선사했다.

“내일 도부가 참수장에 나간다. 나도 따라 나갈 거니 기대해도 좋아.”

과연 기대했던 대로 아이들의 환호가 터져 나왔다.

“와아! 내일 또 빙당을 먹게 되었어!”

“아, 벌써부터 입에 군침이 도네.”

“어서 내일이 빨리 왔으면…….”

도영은 아이들의 환호를 뒤로하고 끓는 가마솥을 지나 안쪽으로 들어섰다.

탁! 탁!

연신 닭 모가지를 치고 있는 청년은 진작부터 도영이 찾아왔음을 알고 있었지만 눈길조차 주지 않았다.

청년의 이름은 웅삼(熊三).

도영보다 고작 세 살이 많았지만 체구는 웬만한 장정을 방불케 한다. 아직 나이가 어려 닭 모가지나 치고 있지만 이삼 년 후면 도살한 돼지와 소로부터 살과 뼈를 발라내는 도정(屠

丁)이 예약돼 있다.

천민 부락의 촌장은 대부분 도방의 도장이 겸임하는데 웅삼은 진작부터 도장을 노리고 있었다.

그런 웅삼이다 보니 부락의 아이들이 자신보다 도영을 따르는 것이 고까울 수밖에 없었다.

도영이 도마 앞으로 다가서자 웅삼은 철장에서 닭을 꺼내 도마에 눕히고는 모가지를 내려쳤다.

탁!

닭 대가리가 잘리면서 피가 뿜어졌다. 웅삼이 의도적으로 도영 쪽으로 닭 대가리를 향했기에 도영은 그만 닭 피를 뒤집어쓰고 말았다.

웅삼이 오히려 도영을 나무랐다.

"새끼야, 누가 그 앞에 있으래?"

도영은 별반 개의치 않은 표정으로 말을 받았다.

"웅삼 너, 여전히 칼질이 형편없구나?"

"존만아, 형이라고 부르랬잖아?"

"체구만 크면 형이냐?"

"나이도 너보다 세 살이나 위야, 새끼야!"

"나이만 많으면 형이냐?"

"당연하지."

"큭, 웃기지 마셔. 네가 어디 형 같은 구석이 하나라도 있어야지."

도영은 바닥에 떨어진 닭 대가리를 집어 들고는 대충 털을 뽑았다.

"사실 닭의 묘미는 대가리에 있어."

도영은 닭 대가리 입에 넣고 으적으적 씹었다.

갓 잡은 닭 대가리다 보니 아직 피가 남아 있어 도영의 입가를 타고 닭 피가 흘러내렸다. 날로 먹기에는 지독히도 비리고 역한 닭 대가리지만 도영은 아주 맛있게 씹었다.

"역시."

그 모습에 웅삼은 절로 질리고 말았다.

도영은 통나무 도마에 꽂혀 있는 사각도를 뽑아 들고는 칼날을 살폈다.

"칼 좀 제대로 갈아. 이런 칼로 닭 모가지를 자르면 아무리 말 못하는 닭이라도 아플 것 아냐? 그래서 나한테 맡기라고 했잖아?"

웅삼은 도영의 손에서 사각도를 빼앗아 쥐었다.

"내 칼은 내가 간다. 네놈한테 맡기는 일은 절대 없을 거다!"

웅삼은 철장에서 다시 닭을 한 마리 끄집어냈다.

"일 방해 말고 어서 꺼져!"

도영은 느릿느릿 밖으로 걸음을 옮겼다.

"너도 내일을 기대해. 빙당과 과자를 왕창 사올 테니까."

웅삼은 도영의 등을 향해 외쳤다.

"난 필요없어, 존만아!"

말은 그리했지만 그도 다른 아이 몰래 도영이 사온 과자와 빙당을 여러 번 먹은 적이 있기에 기분이 찜찜했다.

탁!

닭 모가지를 내려친 도영은 아직도 살아 퍼덕거리는 몸뚱이를 끓는 솥에 던졌다.

그러다 도마 한쪽에 수북하게 쌓여 있는 닭 대가리를 보고는 하나를 집어 들었다.

닭 대가리를 입에 넣어 으적 씹은 웅삼은 너무 역하고 비려 구역질을 참을 수가 없었다.

"웩!"

씹던 닭 대가리를 뱉어낸 웅삼은 나뭇잎을 삶은 물로 입을 여러 번 헹구고서야 겨우 욕지기를 가라앉힐 수 있었다.

웅삼은 손등으로 입가를 훔치며 뇌까렸다.

"독종 새끼, 이 역한 것을 처먹다니!"

어렸을 적부터 소, 돼지의 간이나 피를 먹으며 살아온 그였기에 어지간히 역한 음식도 마다할 리 없었다.

한데 그런 그가 먹지 못할 만큼 역한 닭 대가리를 도영이 눈 하나 깜짝하지 않고 자신 앞에서 먹었으니 그로서는 또 한 번 위축되지 않을 수 없었다.

웅삼은 자신과 너무도 비교가 되는 도영을 떠올리자 본능적으로 살의에 젖고 말았다.

'도영, 언제고 네놈의 배를 갈라보겠다!'

도방을 나선 도영은 공방으로 들어섰다.

공방은 천민 부락 내에서 두 번째로 큰 집단 거주 구역으로 관청에 필요한 물품들을 제작해 공납한다. 이곳에는 솜씨 좋은 자들이 대장장이, 목수, 석공, 도공, 가죽 장인 등으로 나뉘어 있다.

대장장이들은 대부분 관청에 필요한 창과 칼, 검 등을 제작하고 목수와 석공들은 다리 공사나 성벽 보수 등 부역에 동원된다.

천민 부락에서는 몸이 불편한 자들도 일을 해야 하기에 이들은 주로 그릇을 빚거나 공예품을 제작하는 일에 종사한다.

공방의 아이들은 그나마 더럽고 냄새나는 도방보다는 나은 환경에서 지내지만 제대로 먹지를 못해 얼굴이 누렇게 떴다.

부락민들이 작업이 고달프고 환경도 열악한 도방에서 지내는 이유는 그나마 닭 대가리든 돼지 뼈 등 먹을거리를 우선적으로 챙길 수 있기 때문이었다.

하지만 모두가 도방에 종사할 수 없기에 완력에서 밀리거나 험악한 도살을 질색하는 사람은 공방에 속할 수밖에 없었다.

공방으로 들어선 도영은 초현의 거처를 찾아갔다.

"나 왔어, 초 아저씨."

작업대에서 조각도로 나무 공예품을 조각하던 초현이 반갑게 도영을 맞이했다.

"오냐, 됴영이구나."

초현은 사십대 중년인으로 재주가 많은 사람이다.

공예품 제작만 능한 게 아니라 그림도 잘 그리고 음률에도 뛰어났다. 더욱이 의술까지 능해 부락민들에게는 초 선생으로 불린다.

천민들은 인간 취급을 못 받기에 다치거나 병이 들어도 약 한 첩 변변하게 처방받지 못하고 죽는 경우가 다반사다.

한데 초현이 천민 부락에 온 이후 부상이나 질병으로 불구자가 되거나 목숨을 잃는 사람이 현저하게 줄어들었다. 초현은 야생초와 나무뿌리, 가축의 쓸개 등으로 약을 처방했는데 그 효험이 놀라워 대부분 치료가 된 것이다.

하지만 초현의 진정한 재주는 놀라운 학식이며, 이는 도치와 도영 부자만이 알고 있는 비밀이다.

도영은 작업대 위에 가죽 띠를 내려놓았다.

"살펴봐."

"잠깐만 기다려라. 곧 끝난다."

근사한 기린 조각상을 마친 초현이 옷에 묻은 나뭇조각을 털면서 일어섰다.

"차 한잔 하겠느냐?"

초현은 구석의 화덕으로 향했다.

곱사등이인 그는 여느 사람처럼 몸놀림이 자유롭지 않기에 차를 끓이는 데도 힘겨워 보였다. 또 그는 얼굴이 심하게 얽었는데 태생이 그러한지, 아니면 부상 때문에 그러한지는 누구도 알지 못한다.

곱사등이에 상면(傷面).

외양만 본다면 천민 부락 출신으로 취급되기 싶지만 초현의 내력은 아무도 모른다.

십수 년 전 천민 부락 어귀에 쓰러져 있는 그를 부락민들이 부락 내로 들였다.

정신을 차린 그는 자신이 떠돌이 비렁뱅이라며 굶주려 죽느니 차라리 부락에서 살겠다고 하여 천민 부락에 거주하게 되었다.

형정사에서 잠시 그를 소환해 문초했지만 수상쩍은 기미가 없는 데다 제 발로 천민이 되겠다는데 이를 막을 이유가 없어 거주를 허락했다.

그때 받은 이름이 초현.

이후 십수 년 동안 그는 천민 부락 내에서 한 발자국도 나가지 않고 온전한 천민으로 지내온 것이다.

초현이 차를 끓이는 동안 도영은 초현의 작업실을 둘러보았다.

언제나 그랬듯이 초현의 작업실은 깔끔했다.

특별한 장식으로 멋을 내지 않았지만 천민 부락 내에서 그나마 가장 인간답게 사는 사람이 바로 초현이었다.

'초 아저씨는 천민으로 살 사람이 아니야.'

도영은 어릴 적부터 그런 생각을 지울 수 없었다.

초현은 두 개의 찻잔을 작업대에 올려놓고 마주 앉았다.

"그럼 어디 살펴볼까?"

그는 가죽 띠에서 조각도를 하나 꺼내 꼼꼼하게 살폈다. 두

터운 굳은살이 박인 손으로 칼날을 훑은 그가 흡족한 미소를
지었다.

　"좋구나. 너는 칼에 생기를 불어넣는 능력을 지녔어."

　"생기……?"

　"그래. 칼은 날이 서기 전에는 그저 하나의 쇠붙이에 불과할
뿐이다. 그러다 날이 서면서 병기가 될 수도 있고 사람을 구하
는 칼이 될 수도 있지."

　"칼이 병기인 것은 맞지만 사람을 구한다는 말은 이해가 되
지 않네. 오히려 사람을 죽이는 흉기 아냐?"

　초현은 잔잔한 미소를 머금었다.

　"사실 공방에 쓰이는 칼은 수십 가지나 되고 각각마다 예리
하고 무딘 성질을 지녔다. 그전에는 도방에 맡겨 칼을 갈아봤
는데 역시 도살꾼들답게 그저 예리하게만 갈아주더구나. 한데
네게 맡긴 이후 공방 사람들의 작업이 한결 수월해졌다. 네가
칼마다 제대로 된 생기를 불어넣어 주었기 때문이지."

　초현은 차를 한 모금 마시고는 말을 이었다.

　"지금은 네가 본능으로 칼을 갈지만 나중에는 그 깊이를 깨
닫게 될 것이다."

　"난 그저 칼갈이일 뿐이야. 누구나 할 수 있는데 그게 뭐 대
단한 일이겠어?"

　"아니다, 도영아. 네게는 칼을 따뜻하게 만드는 특별한 능력
이 있다."

　"따뜻하게 만든다고?"

"그래. 네가 간 칼에서는 온기가 느껴진다."

"도부는 내가 간 칼이 무디다고 타박인데?"

"물론 도치라면 더 예리하게 칼을 갈 수 있겠지. 하지만 지나치게 예리한 칼은 영혼을 아프게 한다."

지나치게 예리한 칼은 영혼을 아프게 한다.

난생처음 들어 보는 현기 어린 얘기에 도영은 눈을 휘둥그레 떴다.

"영혼을 아프게 한다고?"

"그래, 도치의 예리한 칼은 사형수가 목이 떨어져 나갈 때 육체적 고통을 덜어줄 수 있지만 얼음 같은 한기 때문에 영혼이 고통스러워할 것이다. 하지만 네가 도치의 칼을 간다면 칼날에 따뜻함이 배어 있으니 영혼은 편히 잠들 수 있을 것 같구나."

"……?"

초현은 빈 잔을 차를 채우며 전에 없는 열의를 보였다.

"도영이는 혹시 포정(庖丁)의 칼에 대해 들어 보았느냐?"

도영은 고개를 갸웃거리며 되물었다.

"포정의 칼? 그게 뭔데?"

"아득한 전국시대의 얘기다. 어떤 포정이 소를 잡는데 그 칼놀림이 너무 능숙해 감탄하고 말았다. 하여 포정을 불러 치하하면서 칼 솜씨에 대해 묻게 되었다. 그러자 포정은 이렇게 말했다."

"제가 처음 소를 잡았을 때는 눈에 소만 보였습니다. 한데 삼 년이 지나자 영감으로 소를 도살할 수 있게 되었습니다. 그리고 마음으로 소를 보니 뼈와 살이 갈라지는 부위를 알 수 있게 되었습니다. 하급 백정은 한 달마다 칼을 가는데 그 이유는 칼이 뼈에 부딪치기 때문입니다. 상급 백정도 일 년에 한 번은 칼을 베는데 그 이유는 칼로 살을 베기 때문입니다. 하지만 저는 십구 년 동안 칼을 갈지 않았는데도 여전히 새로 간 칼처럼 칼날이 날카롭습니다. 그 이유는 제 칼이 뼈에 부딪치지도 않고 살을 베지도 않으면서 뼈와 살을 분리했기 때문입니다."

"이것이 바로 포정의 칼에 대한 얘기이다."
도영은 십구 년 동안이나 칼을 갈지 않고 사용했다는 포정에 대해 감탄을 금치 못했다.
"대단하군. 그거 진짜 있었던 이야기야?"
"장자 양생편에 나오는 얘기이니 진실과 거짓을 떠나 교훈적으로 훌륭한 얘기다."
"초 아저씨는 정말 유식해. 얘기도 재미있었어. 포정의 칼이라……. 생각을 많이 하게 하는 얘기야."
도영은 연신 고개를 끄덕이면서 포정의 칼에 대한 이야기를 뇌리에 담아두었다.
초현은 담담한 미소를 띠며 부언해 주었다.
"한갓 포정이 그렇듯이 칼을 사용하는 사람의 역량이나 성향에 따라 그 위력이 바뀌기도 한다. 그래서 쉽고도 어려운 것이 도법이다.”

도영은 눈을 동그랗게 뜨며 찻잔을 내렸다.

“도법? 초 아저씨가 도법도 알아?”

초현은 비로소 자신의 속내를 너무 드러냈음을 인식하고는 얼른 표정을 흩어뜨렸다.

“하하, 아니다. 비유하면 그렇다는 것이지.”

“칼질이야 우리 도부가 최고지. 세상 최고의 망나니이니까.”

도영은 엄지를 세워 보이며 한껏 자랑했다.

초현은 잠시 주저하다가 자리에서 일어섰다.

“도영아, 네게 보여주고 싶은 물건이 있구나.”

초현은 자물쇠를 따고는 궤짝을 열어 한 권의 책자를 끄집어냈다. 책 제목은 쓰어 있지 않았는데 양피지로 냄새가 코를 찌르는 것으로 미루어 최근에 제작된 책으로 생각되었다.

도영이 책을 펼쳐 보니 두툼한 화집(畵集)이었다.

“어, 그림책이잖아?”

천민 부락 내에서 서책은 아주 귀하다. 천자문도 제대로 모르는 천민들이 서책을 가까이할 이유가 없기 때문이다.

하지만 그림책은 공방 내에서 제작돼 부락 내 아이들이 돌려가며 보곤 했다. 형정사에서도 그림책은 하찮은 잡서로 취급했기에 이를 금하지 않았기 때문이다.

도영도 골치 아픈 서책보다는 그림책을 더 좋아했다.

한데 몇 장을 넘겨보니 여느 그림책과는 달랐다. 그림마다

몇 줄의 글이 첨부돼 있는데 워낙 어려운 글자가 많아 도영은
선뜻 해독할 수가 없었다.

대충 훑어보아도 그림이 백 개는 넘었다.

도영은 그림책을 이리저리 살피면서 물었다.

"무슨 그림책이 이래? 내용을 전혀 알 수가 없어. 이거 초아
저씨가 그린 것 맞지?"

"오냐. 내가 그린 화집이다."

"이런 그림책을 누가 본다고 애써 만든 거야?"

초현은 얼굴을 가까이 하며 진지한 표정을 지었다.

"도영아, 이 책은 너를 위해 제작했으니 오직 너만 보아야
한다."

"나를 위해 만든 책이라고?"

"그래. 그 책을 완성하는 데 무려 십이 년이나 걸렸다."

도영은 입을 딱 벌렸다.

"와, 이 그림책 하나 만드는 데 십이 년이나 걸렸다고?"

"그래. 내 기억력이 심력이 소진돼 다시는 재현할 수 없을
것 같구나. 가급적 빨리 그림과 도해(圖解)를 모두 외운 후 태
워 버려라."

"……!"

도영은 물끄러미 초현과 눈을 마주치다가 그림책을 품속에
넣었다. 무슨 연유인지 몰라도 초현의 표정에서 그림책의 위
험성을 인식한 것이다.

초현은 궁금함을 참고 굳이 캐묻지 않는 도영의 진중함에

흡족해하며 고개를 끄덕였다.

"화집의 이름은 백팔번뇌도(百八煩惱圖)이다."

"백팔번뇌도? 초 아저씨가 예전에 중이었어?"

도영이 대뜸 묻자 초현은 빙그레 미소를 띠었다.

"중노릇도 아무나 할 수 있는 게 아니다. 하지만 그 그림이 불문과 조금 연관이 있음은 부인하지 않겠다."

애기를 마친 초현은 도영이 갈아온 조각도를 쥐고는 나무토막을 하나 집어 들었다.

"자, 나는 이제 작업을 해야겠다."

도영은 이내 찻잔을 비우고는 일어섰다.

"나도 가봐야겠어."

"벌써 가려고?"

"빨리 외우고 태워 버리라면서?"

도영이 품속에 숨긴 화집을 툭툭 치자 초현이 고개를 끄덕였다.

"오냐, 가봐라. 이번에 네가 갈아주어야 할 작업 도구는 공방 입구에 모아두었다."

"내일은 도부가 형장에 나가야 돼. 며칠 걸릴 거야."

"알겠다. 서두르지 않아도 된다."

"그럼 갈게."

작업실 문으로 향하던 도영이 문득 걸음을 멈추며 초현을 돌아보았다.

"초 아저씨는 도부가 왜 비만 오면 울적해하는지 알아?"

초현은 영문을 몰라 눈을 휘둥그레 떴다.

"그러하냐?"

상대가 자신보다 모른다면 더 얘기를 나눌 상황이 못 된다.

"아니, 됐어."

도영은 몸을 돌려 초현의 작업실을 나섰다.

공방 입구 옆에 세워둔 마대에는 끌과 조각도, 가위 등의 작업 도구가 가득 담겨 있었다.

도영은 마대를 둘러메고 공방을 나섰다.

부락으로 내려올 때면 무방에 들러 정단(井旦)을 만나 담소를 즐기는 것이 일과였지만, 지금은 초현이 건네준 백팔번뇌화가 너무나 궁금해 곧바로 집으로 향했다.

도영은 대나무 숲이 우거진 언덕으로 향하면서 나직이 뇌까렸다.

"초 아저씨도 모르는 게 있었군."

나막신을 조각하던 초현이 문득 조각도를 내렸다.

그는 창밖을 통해 흐린 하늘을 올려다보았다.

"도치가 비를 보면 울적해한다라……."

그가 천민 부락에 거주한 지도 십칠 년이 넘었지만 도치와 흉금을 터놓고 얘기를 나눈 적이 없다. 아니, 도치뿐만 아니라 천민 부락 내 누구와도 진심 어린 대화를 해본 적이 없었다.

부락민들을 위해서라도 그의 내력은 절대 밝혀져서는 안

되는 극비 사안이었다. 자칫 자신으로 인해 부락민들이 몰살될 수도 있기에 그는 부락 밖으로 한 발자국도 내디딘 적이 없었다.

이렇듯 금제된 생활은 막중한 사명을 수행하려는 의지가 있었기에 가능했다.

하지만 그런 그도 도치 부자에 대해서는 여러 가지 면에서 궁금함을 품고 있었다.

홀로 지내던 망나니 도치가 십오 년 전 갑자기 아기를 안고 나타나 자신의 자식이라 하였다. 천민 부락에서는 혈통을 중시하지 않기에 모두가 그러려니 했다.

한데 도치는 은밀하게 초현을 찾아와 글을 가르쳐 줄 것을 부탁했다.

천민들은 글을 배워봐야 소용없기에 부락민들 대부분은 자식들에게 기술이나 재주를 가르칠 뿐 글을 가르치려 하지 않는다. 그런 상황을 감안하면 한갓 망나니가 자식에게 글을 가르치려 한 연유가 궁금했다.

더욱이 도영은 천민 부락의 아이라 하기에는 너무도 특출났다.

도치가 제대로 씻기지 않아 모습이 꾀죄죄했지만 타고난 영준함을 완전히 감출 수는 없었다. 단순히 잘생긴 아이라기보다 고귀함이 서린 풍모는 도저히 천민 부락 출신의 아이로 생각할 수 없는 것이다.

도치가 도영의 생모에 대해 입을 다물었기에 그 여인이 누구인지는 알지 못한다. 하지만 도영이 생모를 닮았다면 적어도 평범한 여염집 아낙은 아닐 것으로 추정된다.

초현이 또 한 가지 궁금하게 여긴 점은 과연 도치가 도영의 생부이냐 하는 점이었다.

아무리 비교해 보아도 도치와 도영은 닮은 곳이라고는 없었다.

그렇다면 결론은 간단하다.

도영은 도치의 의붓자식.

그러나 그렇게 단정 짓기에 도영에 대한 도치의 애틋함은 끔찍할 정도였다.

도치는 어린 도영을 업고 부락 아낙들에게 젖동냥을 다녔으며, 여름에는 행여 모기에라도 물릴세라 밤새도록 부채질을 하며 지켜주었고, 도영이 홍역을 앓았을 때는 형장에 나서지 않아 형정사로 끌려가 모진 매를 맞기도 했다.

어쩌다 도영이 부락의 아이들에게 맞기라도 하는 날에는 도방이든 공방이든 도치의 광기에 작살이 나곤 했다.

그런 모습을 십오 년 동안 지켜본 초현이기에 도치와 도영의 관계를 의심하기 어려웠다.

초현은 창가에서 다시 시선을 돌리고는 조각용 나무토막을 집어 들었다. 하지만 심사가 산만해 선뜻 작업에 몰두할 수가 없었다.

그는 실로 오랜만에 자신의 삶을 되돌아보았다.

"만일 도영을 만나지 못했다면 진작 이곳을 떠났을 것이다.

덕분에 부락에 머물면서 백팔번뇌도를 완성할 수 있었지."

　상처로 일그러진 자신의 얼굴을 매만진 그는 회한 어린 탄식을 토했다.

　"도영이라면 잠밀(潛密)의 후예가 될 수 있으련만… 과연 도치가 도영의 새로운 운명을 납득할 수 있을까?"

第三章
꺾이지 않는 고집

刀皇

¹

　슥삭슥삭……!

　숫돌에 칼을 가는 소리가 힘차다.

　아침 일찍 잠에서 깬 도치는 깨끗이 몸을 씻고는 죄인을 참수할 대두도를 갈고 있었다. 망나니는 형장의 주역이기에 죄수의 목을 치는 행위를 중요한 의식으로 치러야 했다.

　정성껏 칼을 간 도치는 머리카락을 한 올 뽑아 입김을 훅 불었다.

　툭……!

　머리카락이 입김만으로 베어졌다.

　대두도의 예리함을 눈으로 확인한 도치는 깨끗한 천으로 도신을 닦았다.

　이때 방을 나선 도영이 늘어지게 하품을 하며 우물가로 다가섰다.
　"벌써 일어난 거야, 도부?"
　"더 자지 않고 왜 벌써 일어난 거냐?"
　"이번은 내가 도부의 칼을 갈아주려고."
　도영이 숫돌 앞에 자리를 잡고 앉자 도치는 대두도를 칼집에 챙겨 넣었다.
　"됐다. 이미 충분히 갈았다."
　"내 실력 못 믿어?"
　"인석아, 네 칼 가는 솜씨는 초현을 통해 익히 들었다. 네게는 칼에 생기를 불어넣는 능력이 있다고 하더구나. 하지만 이 칼은 네가 손대서는 안 된다."
　"왜?"
　"이 칼은 망나니의 칼이다. 선대서부터 삼십 년 넘게 이 칼로 수많은 죄인을 참수했지. 하기에 이 칼에는 귀기가 서려 있다."
　도영은 흥미로운 눈빛을 띠었다.
　"귀기가 서렸다면 귀도(鬼刀)로군. 하지만 내가 그 칼을 갈면 귀기를 다스릴 자신 있어."
　"터무니없는 소리 마라."
　"초 아저씨가 그랬어. 도부의 칼은 예리하지만 차갑기에 육신은 몰라도 영혼이 고통스럽대. 그래서 내가 영혼마저 고통스럽지 않은 칼을 만들어주려는 거야."

"허어, 대체 무슨 소리를 하는 거냐?"

도치가 자리에서 일어서며 엄한 표정을 지었다.

"너는 이 칼에 손대서는 안 돼. 명심해라."

도영은 시큰둥하게 응수했다.

"도부도 이제 늙었어. 언제까지 망나니로 지낼 수 있을 것 같아? 내가 도부 대신 망나니로 나서야 하니 그 칼은 내가 이어받는 게 순서야."

"닥쳐, 이 녀석!"

도치는 도영의 어깨를 쥐고 일으켜 세웠다.

"넌 망나니가 되서는 안 돼! 넌 그래서는 안 되는 아이다. 알 겠느냐?"

"망나니 자식이 망나니가 되는 것은 숙명이라 했어. 도부는 최고의 망나니잖아. 나도 도부처럼 최고의 망나니가 될 수 있 다고."

"도영아, 너는······!"

도치가 말을 잇지 못하자 도영이 입꼬리를 슬쩍 올리며 흘 러가듯 말했다.

"내 아버지는 망나니가 확실한데··· 엄마는 대체 누구일까?"

도영이 엄마를 거론하면 도치는 아무런 말도 하지 못한다. 그것이 도치의 약점임을 도영은 진작 파악하고 있었다. 덕분 에 도영은 도치를 설득해 함께 형장에 나갈 수 있게 되었다.

보조 망나니의 자격으로.

둥! 둥! 둥……!

아직 참수까지 한 시진이나 남았지만 형장의 북소리가 요란하게 울려 퍼지고 있었다.

도치와 도영이 형장 부근에 이르자 진작부터 자리를 차지하고 있던 군중들이 대번에 그를 알아보고는 명사를 대하듯 외쳐 댔다.

"저기 대망나니 도치가 온다!"

"최고의 망나니 도치다!"

"오늘도 멋진 솜씨 보여줘!"

도치는 무표정하게 형장 한쪽에 임시로 세워놓은 막사로 향했다. 도영이 그의 뒤를 따르자 군중들 사이에서 웃음이 터져 나왔다.

"하핫! 저 꼬마 녀석은 또 누구야?"

"킬킬, 칼 멘 모습 좀 보게! 꼬마가 칼을 멘 게 아니라 칼이 꼬마 녀석을 멨군그래."

"헤헤, 거 재미있군."

육중한 대두도를 메고 낑낑거리며 도치의 뒤를 따르는 도영의 모습은 실로 가관이었다.

사실 대두도는 길이 오 척 칠 푼, 무게가 서른 근이나 나가기에 도영처럼 평범함 체구의 아이가 메기에는 지나치게 무거웠다.

그런 대두도를 메고 도치를 따르는 도영의 모습은 마치 극단의 배우가 연기를 하는 것 같아 군중들의 웃음을 자아내기에 충분했다.

도치는 도영이 비웃음을 당하는 것 같아 언짢은 심정에 잔뜩 미간을 찌푸렸지만 도영은 오히려 군중들을 향해 손을 흔들어 보이는 여유까지 보였다.

망나니를 위한 막사로 들어선 도치가 도영에게서 칼을 빼앗아 들며 질책했다.

"인석아, 그래서 아비가 칼을 멘다고 하지 않았어?"

"난 괜찮아. 도부의 칼을 메고 있으니 왜 이렇게 뿌듯한지 몰라."

"뿌듯하다고?"

"그래."

"부끄럽지 않느냐, 아비가 천한 망나니라서?"

도치의 자조적인 물음에 도영이 실소를 흘렸다.

"무슨 소리야? 도부는 모두가 인정하는 대망나니잖아? 대(大)자를 아무한테나 붙여주는 줄 알아?"

도치는 한껏 추커세워 주는 도영을 와락 끌어안았다.

"도영아! 비록 천하디천한 망나니이지만 너한테만은 부끄럽지 않은 아비가 될 것이다. 네가 아비를 인정한다면 그것으로 됐다."

전에 없는 뜨거운 포옹에 도영은 숨이 막힐 정도였다. 하지만 도치의 넓은 품속에서 도영은 더없는 편안함과 애정을 만끽할 수 있었다.

사실 그가 사람들의 조롱과 비웃음을 마다한 채 칼을 멘 것
도 자신이 망나니의 자식임을 도치에게 인식시켜 주기 위함이
었다.

도치는 자신이 망나니의 업보를 이어서는 안 된다고 했지만
그것은 국법에 어긋난다.

망나니의 자식은 대를 이어 망나니!

결코 원치 않은 운명이지만 도치나 도영에게는 그것을 거부
할 자격이 없다. 그들의 삶에 중대한 변화가 생기지 않는 한
도영 역시 망나니가 되어야 하는 것이다.

단상에 오른 도치가 덩실덩실 칼춤을 추었다.

대두도가 허공을 벨 때마다 귀신 울음소리와 같은 바람 소
리가 형장 주변으로 퍼져 나가면서 관전하는 군중들에게 오싹
한 두려움과 흥분을 안겨주었다.

도영은 보조 망나니의 신분이기에 형장 가까이서 도치를 지
켜볼 수 있었다.

그가 도치의 참수를 직접 지켜보기는 이번이 처음이었다.
그동안은 도치가 망나니의 모습을 보이기 싫어 도영의 참관
요구를 거절했었던 것이다.

한데 잠시 전, 막사에서 도영에게서 절대적인 신뢰를 확인
해서인지 도치는 여느 때보다 격정적인 칼춤을 추면서 형장의
분위기를 압도했다.

“허어— 허어!”

도치가 기합을 지르고 죄수의 목에 대두도를 갖다 댈 때마다 군중들의 입에서 탄성과 한숨이 흘러나왔다.

술을 한 모금 마신 도치는 칼날을 향해 뿜어내고는 다시 덩실덩실 칼춤을 추었다. 이윽고 분위기가 무르익자 도치는 죄수를 향해 대두도를 내려쳤다.

서걱!

죄수의 수급이 댕강 잘라졌다.

워낙 빠른 칼질이기에 죄수는 비명조차 지르지 못했고, 관전하던 군중들도 어떻게 참수가 진행되었는지 제대로 알지 못할 정도였다.

죄수의 수급이 단상 위에서 구르고 엎어진 죄수의 목에서 피가 뿜어지자 비로소 군중들은 참수가 집행됐음을 인식하게 되었다.

“과연 도치야!”

“예전보다 훨씬 빨라졌어!”

“허어, 참수도 이제는 예술이로군.”

군중들은 박수와 환호 속에 아낌없는 찬사를 보냈다.

형정사의 관리들이 참수형이 집행됐음을 공표하면서 참수 의식이 종료되었다.

도치가 형장에서 내려서자 도영이 수건을 들고 그를 맞이했다.

“칼 이리줘, 도부.”

“됐다.”

도치는 짤막하게 일축하고는 도영이 메고 있는 칼집에 칼을 꽂았다.

다소 골이 난 도영이 퉁명스레 내뱉었다.

“자꾸 이러면 도부의 칼을 엉망으로 갈아 망쳐 버릴 거야!”

도치는 미안했는지 도영의 머리를 헝클어주었다.

“인석아, 너 아직 너무 어려. 조금만 기다려.”

“언제까지?”

“한… 삼 년 정도? 그래, 열여덟이면 사내대장부이니 너도 그때부터는 망나니로 나설 수 있을 것이다.”

“정말이지?”

“아비가 언제 거짓말을 하든?”

도치는 형정사 소속의 순검과 간단히 인사를 나누고는 도영과 함께 형장을 나섰다.

이때 송충이 급히 다가서며 너스레를 떨었다.

“헤헤, 대망나니의 참수 솜씨는 역시 양주 최고일세.”

그는 도치의 갖옷 주머니에 은자 주머니를 넣어주었다.

“유족들의 사례일세.”

그러다 도영과 눈길이 마주치자 송충은 어색한 헛기침을 하고는 아는 체를 했다.

“허엄, 도영이. 너도 왔느냐?”

도영은 그의 복장을 보고는 실소를 흘렸다.

“옷 바꿔 입었네? 잘 생각했어. 관복은 아무나 입는 줄 알아?”

도영의 비아냥거림에 송충은 속이 부글부글 끓었다.

여전히 이죽거리며 반말을 일삼는 도영이기에 머리라도 쥐어박고 싶었지만 도치가 보는 앞이라 그럴 수도 없었다.

"그, 그래, 다음에 보자."

송충은 도영이 다시 독설을 내뱉을까 우려해 잽싸게 자리를 떴다.

도치가 도영을 적당히 나무랐다.

"인석아, 명색이 형정사의 관리다. 함부로 놀리면 못써."

"관리는 무슨. 심부름꾼이나 하면서 푼돈이나 챙기는 쥐새끼인걸, 뭐."

도영이 송충을 한껏 깔아뭉개자 도치는 혀를 내둘렀다.

이 정도면 누가 인간 이하 취급을 받는 천민인지 모를 정도였다.

도영은 도치의 주머니에 든 은자 주머니를 툭툭 쳤다.

"도부, 어서 장터로 가자. 애들한테 맛있는 과자와 빙당을 왕창 사주겠다고 했어!"

2

물산이 풍부한 양주이기에 계절과 시각에 관계없이 양주성 안팎의 시장은 늘 붐볐다.

도치는 시장 외곽의 한적한 노천 주점에서 자리를 꿰차고 앉았다. 천민들은 본래 주점 안에서 식사도 할 수 없지만 주점 주인은 오랜 세월 도치와 면식이 있기에 이를 눈감아주었다.

도치는 도영에게 은자 주머니를 건네주었다.

"먹고 싶은 거 있으면 마음껏 사거라."

"도부는 같이 안 가?"

"나는 여기서 술이나 한잔하고 있겠다."

"알았어."

도영은 눈치가 빠른 아이였기에 도치가 왜 함께 시장에 가기를 주저하는지 잘 알고 있었다.

도치는 얼굴이 널리 알려진 망나니이기에 많은 사람들이 한눈에 알아본다. 천민이라도 장을 보지 말라는 법은 없지만 사람들의 구경거리가 되기 싫음을 간파한 것이다.

도영은 은자 주머니를 챙겨 시장으로 향했다.

길가에 좌판을 벌여놓은 상인들의 호객 소리가 어지럽게 들려왔다. 흥정하는 손님들은 조금이라도 값을 더 깎으려 했고, 상인들은 한 푼이라도 더 받으려 죽는소리를 해댔다.

도영은 가죽 갖옷 한 장만 달랑 걸친 데다 머리칼은 헝클어졌고 얼굴이 꾀죄죄해 상인들의 경계를 받았다. 행색과 몰골로 미루어 좀도둑으로 오인한 것이다.

이에 도영은 은자 주머니를 철그렁거리며 좌판 앞을 지나쳤다.

은자 냄새를 맡게 되자 도영을 대하는 상인들의 눈빛이 순식간에 달라졌다. 도영을 화전민이나 사냥꾼 출신으로 달리 생각한 것이다.

“소공자, 이리로 오게나. 맛난 과자가 잔뜩 있네!”

“여기일세, 소공자. 근사한 물건들을 보게나!”

도영은 공예품을 파는 좌판 앞에 걸음을 멈춰 섰다.

'정단에게 머리 장식이나 하나 선물해 줄까?'

정단은 무방에서 기녀 수업을 받고 있는 도영의 계집 동무이다.

공예품은 부락 내 공방에서도 제작되지만 가짜 보석이 박힌 화려한 공예품은 구경하기가 쉽지 않다.

도영은 영롱한 빛을 발하는 자개 장식을 하나 집어 들었다.

“이거 괜찮군. 얼마야?”

대뜸 반말이었지만 버릇없는 놈이다 싶어 상인은 별반 문제삼지 않았다.

“소공자, 그거 조금 비싼데 괜찮겠는가?”

“나 돈 많아.”

도영이 두둑한 은자 주머니를 철겅거리자 상인은 혀로 입가를 훑고는 손가락을 활짝 폈다.

“은자 닷 냥만 내게나.”

“훗, 내가 어리다고 바가지 씌우는 거야? 이런 머리 장식 하나가 무슨 은자 닷 냥이야?”

도영은 주머니에서 은자 한 조각을 꺼내 들었다.

“은자 세 냥. 이 정도면 되겠지?”

상인은 떨떠름한 표정을 짓다가 고개를 끄덕였다.

“알겠네. 그 가격으로…….”

이때 누군가 도영의 손에서 머리 장식을 가로챘다.

"흐음, 이거 괜찮은데?"

여덟 명의 호위를 대동한 취의소녀는 머리 장식을 머리에 꽂고는 손거울을 통해 자신을 보았다.

"예쁘군. 마음에 들어."

화려한 장신구와 소주산 비단, 장백산 담비 가죽신으로 치장한 소녀는 일견해도 명문가의 귀공녀로 보였다. 타고난 체향인지 아니면 귀한 사향을 지녔는지 몰라도 소녀의 몸에서는 그윽한 향기가 풍겨졌다.

귀공녀는 피부가 백옥처럼 희고 깨끗해 투명해 보였으며 눈썹은 가늘고 선명했다.

나이는 도영보다 조금 많거나 또래로 보였지만 귀한 가문의 귀공녀답게 깔아보는 눈빛이며 입가의 미소가 도도하기 짝이 없었다.

'예쁘기는 해도… 밥맛이로군.'

귀족이나 상류층에 대해 본능적으로 반감을 지닌 도영은 귀공녀의 머리에 꽂힌 머리 장식을 뽑았다.

"이거 내가 먼저 찜한 거야!"

도영이 상인에게 값을 치르고 돌아서자 귀공녀가 아미를 상큼 치켜 올렸다.

"잡아!"

그러자 호위무사 두 명이 나서며 도영의 어깨를 쥐고는 돌려 세웠다.

“이 새끼!”

“감히 소공녀께 무슨 무례냐?”

도영은 호위무사들의 손길을 뿌리치고는 귀공녀를 직시했
다.

“왜 이러는 거냐?”

귀공녀는 도도한 미소를 띠며 도영을 직시했다.

“도둑놈, 감히 내 장신구를 훔쳐 가?”

“훔친 게 아니라 내가 산 거다.”

“내 먼저 머리에 꽂았으니 내 것이다.”

귀공녀는 상인을 슬쩍 보았다.

“은자 닷 냥이라고?”

귀공녀가 턱짓을 해 보이자 호위무사가 은자 한 덩이를 상
인의 손에 쥐어주었다.

“황호장의 소공녀이시네. 장사 계속하고 싶으면 처신 잘하
게.”

“아, 그러십니까?”

은자 열 냥도 넘는 거금에 대단한 배경을 내세운 위협.

상인은 빠르게 눈알을 굴리다가 은자 세 냥을 도영에게 다
시 돌려주었다.

“난 이분 귀공녀께 머리 장식을 팔았네. 어서 돌려드리게.”

상인은 급히 수레를 밀며 자리를 떠났다. 공연히 시비에 휘
말려서 좋을 것이 없기 때문이다.

도영은 상인까지 귀공녀를 편들자 황당해졌다. 이제 머리

장식이 문제가 아니었다. 심기가 틀어진 그는 반감 때문이라
도 머리 장식을 차지하고 싶었다.

"내가 먼저 골랐다. 넌 다른 장신구를 사면 되잖아?"

"너?"

귀공녀는 황당한 표정을 짓다가 호랑이 눈의 호위장을 돌아
보았다.

"호위장, 요 맹랑한 자식한테 내가 누구인지 알려줘."

그러자 호위장은 엄한 표정으로 도영을 질책했다.

"이놈, 당장 예를 갖추어라. 이분 아가씨께서는 전 병부시장
의 장중보옥이신 은령 공녀이시다!"

귀공녀의 신분이 소개되자 주변의 상인들은 저마다 옷깃을
여미고 예를 올렸다.

"아이고, 은령 공녀를 뵈옵니다."

"미처 몰라뵈었습니다요."

귀공녀의 이름은 황은령(黃銀玲).

양주의 명문세가인 황호장(黃虎莊)의 공녀이기에 그녀는 강
소성 내에서 군주와도 같은 대우를 받는다.

상인들이 정중하게 예우를 갖추자 황은령은 더욱 기고만장
해졌다. 그녀는 턱을 치며들며 도영을 깔아보았다.

"들었느냐?"

"들었다."

도영이 여전히 뻣뻣하게 응수하자 황은령의 눈꼬리가 치켜
올라갔다.

“이게 정말?”

“큭, 병부시랑의 딸이라는 게 그렇듯 대단한 신분이냐? 그것도 현직도 아닌 전 병부시랑의 딸 주제에…….”

“닥쳐!”

황은령은 냅다 도영의 뺨을 때렸다.

짜악!

뺨에 손자국이 선명하게 새겨졌지만 도영은 전혀 아픈 기색이 없어 보였다.

“계집애, 내 몸에 이와 벼룩이 득실대는데 이제 너도 버러지 옮게 되었구나.”

도영이 이죽거리자 황은령은 자신의 치마에 연신 손을 문지르고는 목소리를 높였다.

“저 자식, 당장 꿇려! 어서!”

두 호위무사가 좌우에서 도영의 오금을 걸어차며 어깨를 찍어 눌렀다. 호위무사들의 완력에 도영은 어쩔 수 없이 무릎을 꿇어야 했다.

황은령은 가문과 자신이 무시를 당한 치욕을 참지 못하고 핏대를 세웠다.

“놈이 대체 누구인지 알아봐! 이런 무도한 놈을 키운 아이 어미를 추포해 엄히 다스려야겠다!”

호위장이 도영 앞으로 다가섰다.

“출신과 이름을 말해라.”

도영은 조금도 두려워하지 않고 출신과 이름을 밝혔다.

“난 수서촌(瘦西村) 출신 도영이다.”

“뭐, 뭐야? 수서촌?”

“그래.”

“정말 수서촌 천민 부락 출신이란 말이냐?”

“그렇다.”

“이런 당돌한 새끼!”

호위장은 도영을 모질게 걷어찼다.

“욱!”

가슴팍을 걷어차인 도영은 바닥을 데굴데굴 굴렀다. 가슴뼈
가 으스러진 것 같은 지독한 고통이 엄습해 왔지만 끝내 비명
은 지르지 않았다.

호위장은 도영 쪽을 향해 침을 내뱉고는 황은령에게 고했
다.

“이만 돌아가시지요, 아가씨. 알고 보니 하찮은 천민 꼬마였
습니다. 저런 놈을 상대하시면 공연히 아가씨의 명성과 품위
만 훼손됩니다.”

하지만 도영의 출신 신분을 알게 된 황은령은 더욱 분노했
다.

“뭐야? 버러지보다 못한 천민 주제에 감히 나를 모욕했단
말이야? 저런 놈을 어떻게 가만 놔둬!”

“무지하고 무식한 어린놈일 뿐입니다. 온정을 베푸시지요.”

“좋아, 온정을 베풀 테니 놈의 혓바닥을 잘라!”

황은령이 독한 명을 내리자 호위장은 난감해졌다.

　상전의 명이니 따라야 하지만 많은 사람들이 지켜보고 있는 저잣거리에서 천민 아이의 혀를 자르는 가혹한 형벌을 가했다가는 황호장은 비난을 면치 못한다.

　호위장이 눈짓을 보내자 호위무사들이 도영을 끌어다가 다시 황은령 앞에 꿇려 앉혔다.

　호위장은 엄한 표정으로 타일렀다.

　"네놈의 어린 나이를 감안해 한번 용서할 테니 어서 아가씨께 용서를 빌고 절을 올리거라!"

　그로서는 나름대로 사태를 무마해 보겠다는 배려였다.

　한데 도영은 오히려 콧방귀를 뀌며 황은령을 향해 놀려댔다.

　"너, 은령 공녀라고 했냐? 내 혀를 자르든 팔다리를 자르든 상관없는데 밤길 조심해라. 너 내 손에 걸리면 홀딱 벗겨져서 개처럼 끌고 다닐 테니까!"

　오히려 협박을 당하자 황은령은 귀를 틀어막으며 팔짝팔짝 뛰었다.

　"저놈 입 좀 다물게 해! 어서 혀를 뽑아버리란 말이야!"

　도영이 사태를 더욱 악화시키자 호위장도 더는 원만하게 상황을 수습시킬 수가 없었다.

　"천둥벌거숭이의 혀를 베라!"

　호위장이 지시를 내리자 호위무사들이 좌우에서 틀어쥐고는 도영의 입을 벌렸다.

　시장의 상인들과 손님들은 묵묵히 지켜볼 뿐 누구 하나 나서서 말릴 엄두를 내지 못했다.

황은령의 처사가 가혹한 줄 알지만 양주에서 손에 꼽히는 황호장의 비위를 건드렸다가는 온전할 수 없기에 부당함 앞에 눈을 감을 수밖에 없었다.

도영은 혀를 잘리게 될 상황에서도 믿을 수 없을 만큼 당당했다. 어서 혀를 자르라는 듯 혀를 내밀기까지 했다.

이를 본 황은령은 눈물이 핑 돌 만큼 분노했다.

도영의 혀를 자르라는 명을 내렸지만 사실 그녀도 끝까지 강행할 의도는 없었다. 그저 도영을 굴복시켜 자신의 위신을 세울 의도였던 것이다.

한데 도영이 전혀 굴복하지 않고 반항도 하지 않자 자제력을 잃고 말았다.

황은령은 독기를 뿜어내며 외쳤다.

"잘라! 어서 놈의 혀를 잘라!"

호위무사 한 명이 어쩔 수 없다는 듯 비수를 꺼내 들었다. 곧바로 도영의 혀가 베어질 순간이었다.

이때 쩌렁쩌렁한 음성이 장내를 진동시켰다.

"멈추시오!"

대두도를 등에 멘 도치가 빠르게 달려오며 도영을 옥죄고 있는 호위무사들을 밀어냈다.

도치는 도영을 번쩍 안아 들었다.

"도영아, 괜찮은 거냐? 다친 데는 없고?"

도영은 혀를 잘린 뻔한 위기를 겪었지만 여전히 태연했다.

“난 괜찮아.”

“오냐. 어서 가자.”

도치는 도영을 품에 안고는 돌아섰다.

그러자 호위무사들 셋이 도치를 막아섰다. 한갓 아이를 상대할 때는 난처한 그들이었지만 이제 상대가 건장한 성인으로 바뀌었기에 주저할 게 없었다.

호위장이 도치를 향해 물었다.

“네놈은 그 맹랑한 꼬마와 어떤 관계냐?”

도치는 천천히 몸을 돌렸다.

“내가 이 아이의 아비 되는 사람이오.”

“너 역시 천민 부락 소속이겠구나?”

“그렇소.”

“너의 자식 놈이 여기 은령 공녀께 큰 죄를 지었다. 천민 주제에 감히 귀공녀를 모욕했으니 혀를 잘라야 한다.”

도치가 눈길을 돌리자 도영이 반박했다.

“난 잘못한 거 없어. 내가 먼저 찍은 물건인데 저 계집애가…….”

“입 다물어!”

도치는 엄하게 일축하고는 황은령을 향해 정중히 허리를 굽혔다.

“소인이 대신 잘못을 빌겠습니다. 지체 높으신 아가씨께서 아량을 베풀어주십시오.”

황은령은 도치의 장대한 체구에 조금 주눅이 들었지만 스스로 몸을 굽혀오자 한껏 도도함을 드러냈다.

"흥, 네가 천민이라도 조금은 세상 사는 법을 아는구나? 그래도 네 사과는 필요없다. 네 자식 놈이 무릎을 꿇고 용서를 빈다면 자비를 베풀 용의가 있다."

도치가 도영을 바닥에 내려놓았다.

"도영아, 어서 아가씨께 용서를 빌어라."

"내가 왜? 난 잘못한 게 없어."

"네 고약한 말투만으로도 큰 죄다. 어서 빌어!"

"싫어!"

도영이 완강하게 버티자 도치도 더는 강요할 수가 없었다. 도영의 고집과 성격을 누구보다 잘 알고 있기 때문이다.

도치는 다시 도영을 안아 들었다.

"알았다. 가자."

도치가 돌아서자 호위장이 소리쳤다.

"저지하라!"

그러자 호위무사 셋이 검을 뽑아 들고는 도치를 막아섰다.

사태가 더욱 악화되자 상인들과 군중들은 잔뜩 숨을 죽인 채 사태의 추이를 지켜보았다.

호위장이 몸을 움직여 도치와 마주 섰다.

"천한 종자들이 감히 황호장의 명성을 훼손하고 무사할 수 있을 것 같으냐? 어린놈은 반드시 아가씨께 사죄해야 하고 너 또한 못된 자식을 둔 죄를 면치 못할 것이다!"

도영이 사죄를 거부했기에 도치도 최악의 사태까지 감수해야 했지만 별반 두려움은 없었다.

"내 아들이 잘못이 없다면 사죄를 강요할 수 없소."

"천민 주제에 감히 항명을 하겠다는 것이냐?"

"천민도 사람이오."

도치는 분연하게 내뱉고는 앞으로 걸음을 내디뎠다.

호위장이 뒤로 물러서자 호위무사들이 기합을 외치며 달려들었다.

쐐애액!

예리한 바람 소리와 함께 세 자루 검이 도치의 좌우로 파고들었다.

도치는 등에 멘 대두도를 뽑아 휘둘렀다.

차차창—!

날카로운 금속성과 함께 호위무사들이 뒤로 튕겨졌다. 그들은 자신들의 동강난 검을 보고는 다소 주눅이 들었다.

도치는 어쩔 수 없이 칼을 뽑았지만 자신의 중대한 실수를 통감하고 있었다.

천민 주제에 저잣거리에서 칼을 휘둘렀으니 그 하나만으로 중벌을 면치 못한다. 저잣거리에서 천민의 난동은 용납되지 않기 때문이다.

호위장의 눈매가 예리해졌다.

"흐음, 완력이 대단하군. 한번 겨뤄볼 만하겠어."

호위장은 허리춤에 찬 검을 뽑아 들었다.

상당한 내공의 소유자인지 검극에서 도기가 뿜어졌다.

격돌을 피할 수 없게 되자 도치의 심정이 착잡해졌다. 피할 수 없는 싸움인데다 상대가 일류고수라면 절대 그가 이길 확률은 크지 않았다.

도영은 도치의 팔을 풀고 바닥으로 내려섰다.

"내 걱정 마, 도부. 날 위해 굴복하지도 말고. 그랬다가는 다시 도부를 보지 않을 테니까."

도영의 결연한 모습에 도치는 내심 감탄했다.

'죽음조차 두려워하지 않는 이 자존심… 역시 여느 아이들과 다른 녀석이야.'

도치는 처연한 미소를 띠며 도치의 머리를 쓰다듬어 주었다.

"오냐. 도영이 그러라면 따라야지."

도치는 두 손으로 대두도를 쥐고는 호위장과 마주 대치해 섰다.

호위장이 살짝 손목을 휘두르자 칼끝에서 검화가 다섯 개나 피어올랐다.

화산파의 독문 절기인 매화검법.

호위장이 화산의 속가제자 출신이기에 매화검법을 전개할 수 있는 것이다.

피피핑—!

다섯 가닥의 검화가 호선을 그리며 도치의 요혈로 파고들었다.

도치로서는 이런 기묘한 검법을 접한 적이 없지만 수십 년 동안 매일같이 칼춤을 추며 자신만의 도법을 익혔기에 임기응변에 능했다.

도치는 반사적으로 대두도를 휘둘렀다.

땅, 땅, 땅—!

날카로운 금속성이 터지며 현란한 검화가 무산되었다.

호위장은 자신의 검법이 간단하게 차단되자 표정을 굳혔다.

"이놈, 제법 칼을 쓸 줄 아는구나?"

호위장은 빠른 속도로 접근하며 매화검법을 펼쳤다. 화산의 검법답게 신속하면서도 정교한 검초가 허공을 수놓았다.

도치는 차분하게 대두도를 휘둘러 응수했다.

비록 제대로 된 지도를 받은 적은 없지만 워낙 완력이 대단했기에 상당한 내공이 깃든 매화검법을 감당할 수 있었다.

호위장은 몇 초를 교환하면서 당혹감을 금치 못했다.

상대는 한갓 천민 부락 잡배.

명색이 화산파의 속가제자로서 상대를 단숨에 거꾸러뜨리지 못하고 있다는 사실에 분노와 치욕을 동시에 느꼈다.

검법이 더욱 드세졌고 검극에 살기마저 감돌았다.

도치는 호위장을 상대하면서 심각한 고민에 빠졌다.

자신이 패한다면 도영이 화를 당할 것이 우려되지만, 전력을 다한 출수로 상대를 쓰러뜨리거나 다치게 해도 문제였다.

천민으로 명문세가의 호위장에게 부상을 입히는 날에는 형정사에서도 그를 비호해 줄 수 여지가 없는 것이다.

차차창—!

도치는 이러지도 저러지도 못하는 고민 속에서 최대한 방어에만 주력했다.

이를 본 도영이 격한 어조로 외쳤다.

"뭐 하는 거야, 도부! 제대로 싸워! 어차피 우리가 곱게 돌아가기는 글렀다고!"

도영의 독려에 도치는 더욱 혼란스러워졌다.

적어도 도영 앞에서는 패하는 모습을 보이고 싶지 않았다. 하지만 상대를 쓰러뜨려서는 안 되는 것이 현실이기에 그의 심정은 답답하기만 했다.

외견상 우열을 가릴 수 없는 대등한 대결.

도치가 줄곧 수비로만 일관하고 있음을 감안해 냉정하게 판단하면 호위장이 한 수 아래다.

도영은 죄인을 참수할 때만 도치의 도법을 보았기에 그가 이렇듯 놀라운 고수인 줄은 미처 생각지 못했다.

'와아, 도부에게 이런 솜씨가 있었군. 이럴 줄 알았으면 도부에게 도법을 좀 배워둘 걸 그랬어?'

반면 대결이 길어지자 황은령의 표정이 싸늘하게 굳어졌다.

'한갓 천민 따위가 장 호위장과 맞먹다니… 이는 황호장의 수치야! 장 호위장을 당장 갈아치워야겠어!'

대결이 십 초를 넘어가면서 호위장은 입안이 바싹바싹 말라왔다. 이제는 상대를 쓰러뜨려도 그의 면이 서지 않게 된 것이다.

잔뜩 부아가 치민 호위장은 혼신의 진기를 끌어올려 매화검법의 정수를 발출했다.

"한매낙지!"

쐐애액!

호위장의 검은 어지러운 검화를 흩뿌리며 도치의 삼대요혈로 파고들었다. 상대를 죽이겠다는 살의가 물씬 풍기는 독랄한 검초였다.

강렬한 살기가 도치가 본능적으로 오기가 치밀었다.

'이대로 당하지는 않겠다!'

칼을 불끈 쥔 그는 일도양단의 기세로 힘차게 칼을 휘둘렀다.

쨍그랑!

검이 동강나자 호위장은 황당한 표정이 되어 물러섰다.

'이놈, 천한 놈이 어떻게 이런 괴력을……?'

그러다 자신의 처지를 떠올린 그는 핏대를 세우며 외쳤다.

"죽여! 어서 놈을 죽여라!"

명령 때문에 호위무사들이 모두 나섰지만 표정에는 두려움이 가득했다. 화산파 속가제자인 호위장마저 격파한 상대를 막아설 자신이 없었기 때문이다.

한데 이때였다.

"모두 멈춰라!"

한 떼의 관병들이 달려왔다.

관병들을 이끌고 온 사람은 갑주와 투구를 걸친 양주성 순찰무장이었다. 시장에서 싸움이 벌어졌다는 얘기를 듣고 달려온 것이다.

도치는 관병들이 등장하자 바싹 긴장하며 급히 대두도를 거둬들였다.

순찰무장은 도치와 면식이 있는 사이이지만 심각한 사안이기에 엄하게 문책했다.

"도치, 네놈이 어찌 저잣거리에서 행패를 부리는 것이냐? 태수 어른의 신임을 얻었다고 뵈는 것이 없는 것이냐?"

"송구합니다, 장군."

도치는 급히 무릎을 꿇으며 고개를 숙였다.

도치가 순순히 굴복하자 순찰무장은 황은령에게 군례를 올렸다.

"은령 공녀, 어찌 된 연유인지 몰라도 이런 소란은 황호장의 높은 명성에 누가 될 뿐이오."

양주성 관병들까지 출동하자 황은령은 그냥 돌아가고 싶었지만 끝내 굴복하지 않은 도영을 보자 다시 감정이 솟구쳤다.

"장군, 저 천민 꼬마 자식이 감히 나를 모욕했어요. 어떤 죄로 다스려야 하죠?"

순찰무장은 대략의 상황을 짐작하고는 도치에게 다가섰다.

"도치, 네 자식 놈을 구하고 싶으냐?"

"장군……."

"아무 소리 말고 내 처분에 따르라. 알겠느냐?"

순찰무장은 관병들에게 지시를 내렸다.

"저 녀석을 나무 기둥에 묶어라!"

도영은 상체가 벗겨진 채로 두 개의 나무 기둥 사이에 묶였
다.

순찰무장은 황은령에게 채찍을 건넸다.

"천민은 관부의 자원이오. 무지한 놈들이 잘못을 저지르면
매로 다스리지요. 공녀께서 분이 풀릴 때까지 천민 아이를 때
리시오."

황은령은 호위장에게 채찍을 넘겼다.

"나 대신 놈을 때려요. 용서를 빌 때까지!"

채찍을 손에 쥔 호위장은 도영의 등 뒤로 다가섰다.

도치는 도영의 입에 나무토막을 물려주었다.

"꽉 물고 있어라. 도움이 될 거다."

도영의 얼굴을 어루만지는 도치의 손을 덜덜 떨렸다. 도영
을 더 이상 비호해 줄 수 없는 자신의 처지에 대한 자책과 비통
함에 그는 이를 입술이 터져라 깨물어야 했다.

호위장이 도영의 등을 향해 채찍을 날렸다.

짜아악!

한 번의 채찍질에도 도영의 등가죽이 벗겨지면서 핏물이 솟
았다. 어른도 견딜 수 없는 지독한 고통이었지만 도영은 나무
토막을 문 채 신음을 안으로 삼켰다.

짜아악— 짜아악!

연속된 채찍질에 살점이 뜯겨 나가며 허연 뼈까지 드러났다.

도치는 형벌을 차마 볼 수가 없어 고개를 돌려야 했다.

황은령은 도영이 한 번이라도 비명을 지르면 매질을 중단시

키려 했지만 도영이 끝내 비명을 참아내자 울상이 되었다.

그녀는 귀를 틀어막으며 마음속으로 외쳤다.

'어서 비명을 질러! 제발 용서해 달라고 외치란 말이야, 이 독종 자식아!'

열 번의 채찍질을 당한 도영은 그만 혼절하고 말았다.

도영이 정신을 잃고 축 늘어지자 순찰무장이 황은령에게 나직이 고했다.

"은령 공녀, 이 정도에서 황호장의 자비를 베풀어주시오."

도영이 혼절하자 황은령도 어느 정도 기분이 풀렸기에 호위장을 불러들였다.

"됐어요. 이만 가요."

"알겠습니다, 아가씨."

호위장이 손짓을 보내자 멀리 대기해 있던 가마꾼들이 달려왔다. 황은령이 가마에 오르자 호위장은 호위무사들을 대동해 서둘러 시장을 떠났다.

"도영아!"

도치는 나무 기둥에 묶인 도영을 풀어내고는 품에 안았다. 등의 상처가 워낙 심해 안는 데에도 조심해야 했다.

다행히 후덕한 상인이 무명을 한 필 건네준 덕분에 도치는 도영을 감싸서 품에 안을 수 있었다.

"으음… 음……!"

도영은 아픈 신음을 토하며 스르르 눈을 뜨자 도치는 겨우 안도했다.

"도영아, 괜찮은 것이냐?"

도영은 아이로서는 감내하기 힘든 지독한 형벌을 당하고도 믿을 수 없을 만큼 태연했다.

"제기, 내가… 정신을 잃었던 거야?"

"이 녀석!"

도치는 도영의 볼에 대고 뺨을 비볐다.

그의 목숨보다 소중한 존재이기에 하마터면 도영을 잃을 뻔한 상황이 두렵기만 했다.

"따가워."

도영이 도치의 구레나룻을 밀치며 말했다.

"참, 과자 사가야 돼. 빙당도 왕창."

"인석아, 지금 그게 문제냐? 어서 치료부터 해야……."

"그게 더 중요해. 아이들이 얼마나 기다리는데."

"알았다."

"아, 그리고… 내가 채찍에 맞아서 정신 잃었다는 얘기는 하지 마."

도영은 도치의 어깨에 얼굴을 묻었다. 다시 기력을 잃어가는지 그의 음성이 점점 잦아들었다.

"특히 웅삼 그 자식한테는 숨겨야 돼. 그 자식의 놀림감이 되기는 정말 싫으니까."

第四章
천민이 된 귀공녀

“아, 쓰라려!”

“피이! 너, 엄살 되게 심하구나?”

“야, 이게 엄살로 보여? 등짝이 온통 찢어졌는데?”

“심하기는 해도… 뼈가 다칠 정도는 아닌데, 뭐.”

“이런, 계집애! 너 당장 무방(舞房)으로 꺼져!”

“얘, 너 누나한테 무슨 말을 그렇게 해?”

“누나 좋아하네? 고작 넉 달 앞선 주제에.”

“이그, 넌 말이야, 지나치게 건방져. 그게 문제라고.”

계집아이는 손바닥에 약을 듬뿍 빨라 도영의 등에 마구 문질러 주었다.

도영의 또래로 보이는 계집아이는 절로 눈웃음치는 실눈의 소유자로 천민 부락의 아이답지 않게 피부가 희었다.

　계집아이의 이름은 정단.

　수서촌의 촌장인 왕각의 딸이다.

　도치와 왕각이 친구이다 보니 도영과 정단도 어렸을 적부터 살갑게 지내왔다. 생모가 삼칠일 만에 사라진 바람에 도영은 정단 엄마의 젖으로 키워졌으니 둘은 거의 남매와 같은 사이였다.

　정단은 지금 무방에서 가무를 배우며 기녀 수업을 쌓고 있는 중이었다.

　천민 부락의 계집아이들은 나이가 차면 노예 아니면 사창가로 팔려 나가는데 정단처럼 특출 난 미모를 지녀야 어려서부터 무방에 배속될 수 있었다. 그렇게 동기(童妓)로 내정된 정단이기에 여느 계집아이들에게는 부러움의 대상이기도 했다.

　약이 스며들자 등판이 불에 덴 듯 뜨거웠지만 도영은 엄살을 부린다는 핀잔이 듣기 싫어 꾹 참았다.

　그가 저잣거리에서 황호장의 귀공녀를 만나 채찍질을 당한 지도 벌써 닷새가 지났다.

　열다섯 살짜리 아이가 감당하기에 심한 채찍질이었지만 그나마 불구를 면한 것이 다행이었다. 초현이 탕약을 처방해 준 덕분에 도영은 울혈을 가라앉힐 수 있었다.

　지금 정단이 발라주는 약도 초현이 조제해 준 외상 약이었다.

　정단은 수건으로 손에 묻은 약을 닦아내고는 침상가에 걸터

앉았다. 그녀는 깊은 상흔으로 얼룩진 도영의 등판을 살피고
는 안쓰러운 표정을 지었다.

"아! 얼마나 아팠을까. 나 같으면 채찍질 한 번에 까무러쳤
을 거야."

정단은 부채를 집어 들고 도영의 등판에 부쳐 주었다.

상처로 스며드는 약기운 때문에 화끈거렸던 등판에 시원한
바람이 스쳐 가자 도영은 아픔을 한결 덜 수 있었다.

"시원해. 훨씬 낫다."

"바보같이. 천민 주제에 왜 지체 높은 귀공녀와 다툰 거야?"

그 말에 도영은 피뜩 떠오르는 바가 있어 정단을 가까이 불
렀다.

"나 좀 일으켜 앉혀."

"어쩌려고?"

"등만 바닥에 닿지 않으면 돼."

도영은 정단의 부축을 받아 닷새 만에 처음으로 일어나 앉
을 수 있었다.

그는 궤짝 위의 나무 상자를 가리켰다.

"저것 좀 가져와 봐."

정단이 나무 상자를 가져다주자 도영은 뚜껑을 열고는 예쁜
머리 장식을 끄집어냈다.

"받아."

"도영……?"

"내가 먼저 이것을 샀는데 건방진 계집애가 자신이 사겠다

잖아."

"그러니까… 한갓 머리 장식 때문에 그런 사단을 일으킨 거였어?"

"머리 장식 때문이 아니야. 그 계집애가 나를 무시하려 하기에 자존심이 상한 거지."

"도영아……."

크게 감동한 정단은 도영의 어깨에 얼굴을 묻었다.

"넌 정말 바보야. 난 아무 장신구라도 상관없는데……."

"자, 어서 머리에 꽂아봐."

도영은 정단을 앉히고는 머리 장식을 건네주었다.

정단은 머리 장식을 꽂고는 애교스런 자태를 취했다.

"어때? 예뻐?"

"그럼. 누가 골라주었는데."

"고마워, 도영."

정단은 도영의 뺨에 입을 맞추고는 볼을 마주 댄 채로 가만히 있었다.

"우리가 천민이 아니었으면… 얼마나 좋을까? 이담에 크면 너한테 시집가고 싶었는데……."

"시집오면 되지, 뭐."

"그럴 수가 없어."

"왜……?"

정단의 눈빛에 서글픔이 맴돌았다.

"사흘 후면 난 수서촌을 떠나야 돼. 소주의 기원에서 정식으로 기녀 수업을 받아야 하거든.”

“축하해 주어야 하는 건가?”

“다른 애들은 날 보고 출세했다고 하지만… 난 슬퍼. 너와 헤어져야 하니 말이야.”

“안 가면 되잖아?”

볼을 뗀 정단이 서글픈 눈빛으로 도영의 눈을 들여다보았다.

“그럴 수 없다는 거… 너도 잘 알잖아.”

천민 부락의 아이들에게는 선택권이 없다.

아이들은 열서너 살이 되면 천민 부락에 남을 수도 있으며, 노예로 팔려가든 사창가로 팔려가든 부모는 형정사 관리들의 결정에 따라야 했다.

그것이 짐승보다 못한 천민들의 비참한 신세였다.

도영은 정단의 볼을 어루만지며 짓궂은 미소를 지었다.

“네가 기녀가 되지 않고 부락에 남을 방도가 하나 있어.”

“어떻게……?”

“네 얼굴에 상처를 조금 내는 거야.”

“그런 소리 마. 그랬다가는 사창가로 팔려갈 거야.”

“몸에도 화상을 조금 내자고. 그러면 아무짝에도 쓸 데가 없다고 부락에 남겨둘 테니까.”

정단은 쓸쓸함을 곱씹으며 고개를 저었다.

“기녀 생활도 아주 나쁘지는 않대. 좋은 옷 입고 맛난 음식을 실컷 먹고… 운이 좋으면 면천(免賤)을 받아 양민으로 살 수도 있댔어.”

도영도 그런 애기를 익히 들었기에 정단이 기녀로 팔려 나가는 것을 막고 싶은 마음이 없었다. 어쩌면 그것이 천민 부락에서 벗어나 사람답게 살 수 있는 유일한 방도이기 때문이었다.

도영은 정단의 옷고름을 풀고는 앞자락을 헤쳤다.

“어디, 최고의 기녀가 될 몸인지 검사해 볼까?”

정단은 움찔했지만 굳이 그의 손을 밀쳐 내지는 않았다.

“뭐… 하는 거야?”

“오랜만에 네 살 냄새 좀 맡으려고.”

도영은 아직 채 영글지 않은 정단의 젖가슴 사이에 얼굴을 묻고는 깊이 숨을 들이켰다.

정단의 몸에서는 은은한 동백 향기가 풍겼다.

도영은 동백 향기를 맡으며 아련한 감상에 젖었다.

“너한테서는 엄마 냄새가 나. 물론 엄마 냄새를 전혀 기억하지도 못하지만 말이야.”

“엄마… 보고 싶어?”

“당연하지.”

“우리 아빠가 그러는데… 도영이 엄마는 선녀일 수 있대.”

“그럼 옥황상제가 내 외할아버지이게?”

도영의 능청스런 응수에 정단은 까르르 웃고는 그를 가만히 밀어냈다.

“가봐야 돼.”

정단은 풀어 헤쳐진 앞자락을 여미고는 몸을 일으켰다.

이별을 목전에 둬서인지 그녀의 눈망울이 서글픔의 물기로 촉촉하게 젖어들었다.

"작별 인사를 못할지도 몰라."

"지금 했잖아."

도영은 해맑은 미소로 그녀를 위로했다.

"이왕이면 소주 최고, 아니, 세상 최고의 기녀가 돼라. 그러면 내가 널 찾아갈 테니까."

"날… 찾아온다고?"

"당연하지. 내가 언제까지 천민 부락에서 짐승처럼 살 것 같아?"

"도영아……?"

정단이 두려움에 젖어 어깨를 움츠리자 도영은 대수롭지 않게 말을 이었다.

"넌 아무 생각 말고 열심히 기녀 수업이나 받아. 내가 근사한 손님으로 널 찾아갈 때까지 말이야. 혹시 아냐? 내가 널 첩실로 삼을지?"

"갈게."

정단은 문을 나서면서도 못내 아쉬운 듯 도영에게 손을 흔들어 보였다.

문이 닫히자 도영도 가슴 한쪽이 아리는 아픔을 주체할 수가 없었다.

'빌어먹을 세상!'

대다수 시간을 엎드려서 보내야 하는 도영에게 유일한 낙은 초현이 그려준 백발번뇌도를 숙지하는 일이었다.

백여덟 개나 되는 그림을 모두 기억한다는 것은 쉬운 일이 아니다. 게다가 각 그림에 첨부돼 있는 난해한 도해는 주역의 문구보다 더 어려워 도저히 해독이 되지 않았다.

결국 그림과 도해를 통째로 암기할 수밖에 없었다.

다행히 도영의 암기력은 나쁘지 않은 편이어서 하루에 열두 개 장의 그림을 암기하다 보니 아흐레 만에 백팔번뇌도를 모두 머리에 담을 수 있었다.

슥삭슥삭……!

보름 만에 몸을 추스르게 된 도영은 부엌에서 모처럼 칼을 갈았다.

공방에서 맡긴 조각도와 작업 도구가 수북하게 쌓여 있었지만 도영은 한 시진 만에 모두 손질을 마칠 수 있었다.

도영은 잘 벼른 칼을 매만지며 초현의 애기를 되새겼다.

"포정의 칼이라……. 그 말은 칼을 가는 사람보다 칼을 쓰는 사람의 성향이 더 중요하다는 애기야. 이제 나도 칼질을 배워야겠다. 어차피 도부의 뒤를 이어 망나니가 되어야 할 팔자이니 말이야."

도영은 칼갈이를 마친 칼과 작업 도구를 가죽 띠에 빼곡하게 꽂고는 어깨에 둘렀다.

도영은 부엌을 나서기 전에 백팔번뇌도를 마지막으로 되새기고는 불태워 버렸다. 그는 백팔번뇌도가 아궁이에서 완전히 재로 변한 것을 확인한 후 밖으로 나섰다.

도치는 근래 들어 거의 집에 붙어 지내지 않았다.

하루 대부분을 술에 취해 있었고, 술에 취하면 부락의 경계까지 올라서 칼춤을 추며 소리치는 것이 일과였다. 도영은 그 연유를 짐작하고 있었지만 어떤 도움도 줄 수 없기에 그저 지켜볼 수밖에 없었다.

"도부는 오늘도 능선에서 술을 드시나?"

도영은 부락의 경계를 쓸어보고는 마을로 향했다.

그는 비가 잦은 여름이 어서 끝나기만을 마음으로 기원했다. 찬바람이 불면 도치도 평소처럼 돌아오기에 줄곧 비를 뿌려내는 장마 기간은 도영에게 있어 곤욕이었던 것이다.

비 내리는 날과 도치의 우울한 광기.

그 연유를 정확히 알고 있는 사람은 아무도 없었다.

역한 비린내를 풍겨내는 도방 근처에 이르자 아이들의 함성이 들려왔다.

웅삼을 비롯한 도방의 사내 녀석들이 웬 계집애를 사냥하듯 쫓고 있었다. 계집아이는 머리를 풀어헤친 채 골목 사이를 달리고 있는데 옷이 찢겨져 희멀건 허벅지까지 드러내고 있었다.

계집아이는 미친 듯이 악을 써댔고, 사냥에 나선 사내 녀석들은 연신 키득거리며 재미있어했다.

도영은 사내 녀석들을 이끌고 추격에 나서고 있는 웅삼을 불러 세웠다.

“웅삼, 웬 계집을 쫓는 거냐?”

“존만이잖아? 크훗, 이제 나은 거냐?”

웅삼은 비릿한 웃음을 흘리며 도영을 쓸어보았다.

도영은 자신을 조롱하는 듯한 그의 눈빛을 무시하고는 구릉을 향해 도주하는 계집 쪽으로 시선을 돌렸다.

“웬만하면 우리 집 근처에서는 소란 피우지 마라. 요즘 도부의 심기가 편치 않으니 건드리지 않는 게 좋아.”

대망나니 도치는 부락 내에서 가장 두려운 존재이기에 웅삼도 겁을 냈다.

“알았어, 존만아.”

웅삼은 성큼성큼 달려가며 사내 녀석들을 닦달했다.

“어서 계집을 자빠뜨려!”

무방에 들러보았더니 정단은 이미 떠나고 없었다.

정단의 마지막 모습을 떠올린 도영은 마음 한구석이 허전했다. 하지만 이미 예상한 운명이기에 애써 공허함을 달래야 했다.

띵… 땅… 띵……!

무방의 마당에서는 어수선한 음률에 맞춰 계집아이 몇이 춤을 배우고 있었다. 금음을 뜯는 계집아이도 어설폈고 노래를 부르는 아이도 어설퍼 무방의 마당은 흡사 시끄러운 저잣거리를 방불케 했다.

무방에서 나오는 도영을 누군가 부르며 따라 나왔다.

"어마, 도영이구나?"

도영이 돌아보니 화장을 덕지덕지한 아낙이었다.

무방을 관장하는 호리(胡梨)였다.

호리는 젊었을 적 잠시 기녀로 지냈다가 퇴기가 되어 매음굴로 팔려 나가기도 했다. 그러다 나이가 들어 다시 천민 부락으로 불려와 무방을 맡게 되었다.

호리는 천민 부락 내에서 비교적 부유한 도치를 유혹해 살림을 차리려는 계획을 품고 있었기에 도영에게는 각별했다.

호리는 다정하게 도영의 어깨에 팔을 둘렀다.

"도치는 잘 있지?"

"도부한테 관심 끄라고 했을 텐데?"

"왜 이래? 어쩌면 우리 한식구가 될지도 모르는데."

"웃기지 마. 도부가 누구인데 호 아줌마를 집으로 들이겠어? 딴생각 말고 도부가 우울해할 때 위로나 잘해줘."

도영은 호리의 팔을 밀어냈다.

호리는 눈웃음을 흘리며 미소를 띠었다.

"너, 정단이 떠나서 그렇게 심통이 났구나?"

"잘못 짚었어. 그따위 계집한테 마음 둘 내가 아니잖아?"

"너도 도치처럼 대망나니가 되기나 해. 그래서 돈을 많이 벌
면 정단과 만나게 해줄게."

"……!"

도영은 귀가 솔깃했지만 짐짓 관심을 보이지 않았다.

호리는 마당에서 춤을 배우는 계집아이들을 힐끗 보다가 가
볍게 손뼉을 쳤다.

"참, 얘기 들었어? 지난번 저잣거리에서 네게 채찍을 때리
게 한 그 귀공녀 말이야."

"황은령을 말하는 거야?"

"그래, 황호장의 귀공녀!"

"그 계집애가 어떻게 됐어?"

"호호, 네게는 반가운 소식일 거야. 황호장이 황궁 진상품
비리에 연루돼 풍비박산이 났다고 하더구나. 황호장의 사내들
대부분이 목이 잘렸고 계집들과 어린아이들은 천민으로 전락
해 뿔뿔이 흩어졌대."

황호장의 멸문지화.

지난번 황은령에 당한 수모를 생각하면 통쾌한 소식이 아닐
수 없었다. 하지만 자신의 힘으로 복수를 한 것이 아니기에 심
정은 씁쓸했다.

도영은 실소를 흘리며 한마디 던졌다.

"고년, 남의 일인데 안됐다고 할 수 없고… 잘됐네."

공방을 찾아가자 초현이 반갑게 그를 맞이해 주었다.

"허허, 네가 직접 온 것을 보니 다 나았나 보구나."

"그 정도에 몸져누울 내가 아니잖아?"

"인석아, 그만하길 다행이었다. 자칫 뼈와 근육마저 손상될 뻔했어."

"여기, 작업 도구야."

도영이 가죽 띠를 내려놓자 초현은 조각도와 작업 도구를 몇 개 꺼내 살펴보고는 고개를 끄덕였다.

"칼갈이 솜씨가 더 성숙해진 것 같구나. 이런 상태라면 머지 않아 네가 간 연장에서 향기와 숨결이 뿜어지겠어."

"지난번에는 생기와 온기가 느껴진다고 했잖아? 이제는 쇠에서 향기와 숨결이 풍긴다고? 그게 가능한 일이야?"

도영이 반문하자 초현은 차를 따라주며 친절하게 설명해 주었다.

"찻잎도 처음에는 쓰디쓴 잎사귀였을 뿐이다. 그러다 사람의 정성과 열정이 스며들면서 그윽한 향기를 자아내는 차로 변한 것이다. 쇠도 마찬가지로 명장을 만나 명품이 되기도 하고 한갓 쇳덩이가 되기도 한다."

논리적인 답변에 도영은 내심 느껴지는 바가 있었지만 짐짓 시큰둥하게 응수했다.

"초 아저씨는 모르는 게 없군."

초현은 천천히 차를 음미하다가 화제를 바꾸었다.

"정단이 소주의 기원으로 떠났다."

"알아. 방금 무방에 들렀다 왔어."

"섭섭하겠구나, 너와는 정말 각별한 사이였는데."

"괜찮아. 나중에 데려오면 돼."

"데려온다고?"

초현이 눈을 크게 뜨자 도영은 대수롭지 않게 말했다.

"돈 많이 벌면 돼. 기녀는 돈으로 살 수 있잖아?"

"……!"

초현은 잠시 그를 바라보다가 목소리를 낮추었다.

"오냐. 백팔번뇌도가 너의 운명을 바꾸어줄 수 있을 것이다. 그림과 도해를 가슴에 담고 정진하면 화두를 돌리는 선승처럼 깨닫는 바가 있게 된다."

"그것이 무엇인데?"

"그 힘은 어떤 형태로든 변환될 수 있다. 권력이 될 수 있고, 지식이 될 수도 있고, 금전이 될 수도 있으며… 무력이 될 수도 있지."

"어렵군."

"쉽게 얻는 것은 대단치 못한 것이다."

"초 아저씨는 어디까지 깨우쳤는데?"

일상적인 물음이지만 초현에게 있어서는 아픔이며 고통이었다.

"나는 워낙 아둔하여… 삼 할도 채 깨우치지 못했다."

"초 아저씨가 그렇게 다친 것이 백팔번뇌도와도 관련있는 거야?"

도영의 질문이 점점 예리하게 파고들자 초현은 직답을 피했다.

"도영아, 조금이라도 좋으니 네가 깨닫는 바가 있으면 곧바로 나를 찾아와라. 하면 네 아버지와 만나 중대한 결단을 내리겠다."

"……."

도영은 초현을 물끄러미 바라보다가 찻잔을 비웠다.

"어떤 결정인지 몰라도 도부가 슬퍼할 일이라면 거론하지 마. 나 하나 잘되자고 도부를 저버리는 일은 없을 테니까."

도영이 떠나간 후 초현은 깊은 고민에 빠졌다.

십수 년 동안 도영을 지켜보면서 가슴에 품어온 그의 계획이 중대한 기로에 놓인 것이다.

도부가 슬퍼할 일.

어쩌면 도영 부자에게 영원한 작별이 될 수 있기에 주저했는데 도영이 분명한 의사를 밝히자 더욱 난감한 상황이 되었다.

'후우, 역시 운명은 함부로 바꿀 수 없는 것인가?'

3

"아악! 제발!"

계집아이의 비명 소리가 처절하다.

하지만 그녀가 아무리 도움을 청해도 천민 부락 내에서 그녀를 구해줄 사람은 없었다.

웅삼과 사내 녀석들은 마침내 계집아이를 붙잡아 술밭에서 마음껏 농락 중이었다.

계집아이가 아무리 발버둥을 쳐도 사내 녀석들의 우악스런 손길을 감당할 수가 없었다.

두 녀석은 계집아이의 양팔을 바닥에 찍어 누른 채 계집아이의 앞섶 사이로 손을 넣어서 젖가슴을 주물럭대고 있었다.

웅삼은 계집아이를 깔고 앉은 채 닭 모가지를 치는 사각도를 번득이며 계집아이를 위협했다.

"이년아, 그만 좀 짖어대. 누가 들으면 네년을 잡아먹는 줄 알겠다."

계집아이는 눈물을 줄줄 흘리면서도 앙칼지게 외쳤다.

"이 버러지 같은 새끼들! 감히 누구 몸에 손대는 거야? 모두 죽여 버릴 거야! 죽여 버릴 거라고!"

"고년, 누가 귀공녀 출신 아니랄까 봐 되게 사납네."

웅삼이 사각도로 앞섶을 긋자 옷고름이 베어지며 앞자락이 벌어졌다. 젖가슴 가리개도 하지 않았기에 도톰한 젖가슴이 대번에 드러났다.

"아악!"

계집아이가 몸부림을 쳤지만 도저히 사내 녀석들 손에서 빠져나갈 수가 없었다. 오히려 그녀의 반발은 사내 녀석들의 욕정만 자극할 뿐이었다.

웅삼은 사각도를 허리춤 칼집에 꽂고는 계집아이의 아랫도리를 끌어내렸다.

계집아이는 너무도 참담한 심정에 비명도 나오지 않았다. 처절한 절망에 빠진 그녀는 벼락이라도 맞아 이 악몽 같은 세상에서 벗어나기를 원했다.

"흑흑… 아버님… 어머님……!"

계집아이는 서러운 눈물을 펑펑 쏟아냈다.

계집아이의 이름은 황은령.

얼마 전까지만 해도 양주를 호령하는 권문 황호장의 귀공녀였다.

명문가의 귀공녀가 하루아침에 짐승보다 못한 대접을 받는 천민으로 전락했으니 차라리 죽음보다 더한 형벌이었다.

부락의 사내 녀석들에게 황은령 같은 계집아이는 마음껏 유린해도 상관없는 존재였다. 죄인 가문의 계집이기에 관리들도 이를 전혀 문제 삼지 않으며 부락민 누구도 그녀를 비호하려 하지 않기 때문이다.

부락으로 배속된 날부터 웅삼의 표적이 된 황은령은 마침내 사내 녀석에게 붙잡혀 유린당하는 상황에 처하게 된 것이다.

황은령의 피부는 귀공녀 출신답게 우윳빛같이 희었다.

그녀의 알몸을 내려다본 웅삼은 아랫도리를 끌어내렸다.

"새끼들아, 고개 돌려!"

웅삼이 눈을 부라리자 사내 녀석들은 키득거리며 고개를 돌렸다.

웅삼은 황은령의 다리 사이에 무릎을 꿇고는 교접 자세를 취했다.

졸지에 겁탈을, 그것도 평소 버러지처럼 취급했던 천민에게 강제로 능욕을 당하게 된 황은령은 너무도 참담한 신세에 눈물조차 말라 버렸다.

입술을 질끈 깨문 그녀는 속으로 저주와 원한을 퍼부었다.

'모조리 죽여 버리겠어! 너희 더러운 새끼들, 그리고 천민 부락민 모두를 죽이겠다!'

웅삼은 비릿한 웃음을 흘리고는 황은령의 둔부를 감싸 쥐었다. 교접에 앞선 짜릿한 흥분에 마른침이 절로 넘어갔다.

한데 이때였다.

"악!"

고통스런 비명이 터지며 웅삼이 바닥에 데굴데굴 굴렀다.

급소를 걷어차였는지 사타구니를 감싸 쥔 웅삼은 연신 바닥을 구르며 악을 써댔다.

도영이 황은령 앞으로 서며 실소를 흘렸다.

"새끼, 불알 까지는 돼지보다 더 지랄을 떠는군."

황은령의 양손을 찍어 누르고 있던 사내 녀석들은 놀라 급히 물러섰다.

"어엇, 도영이잖아?"

"왜… 왜 이러는 거냐?"

황은령은 워낙 정신이 나가 있었던 터라 도영의 구함을 받았지만 여전히 알몸을 드러낸 채로 누워 있었다.

그러다 도영과 눈길이 마주치자 소스라치게 놀라며 몸을 웅크려 앉았다.

도영은 비로소 황은령을 알아보고는 재미있다는 표정을 지었다.

"뭐야? 바로 너였구나?"

도영과 황은령.

보름 전 저잣거리에서 처음 만났던 두 아이의 기묘한 악연이 아닐 수 없었다.

당시는 황은령이 절대적인 상전이었고 도영의 생살여탈권마저 쥔 상태였다. 그러나 지금은 상황이 완전히 뒤바뀌어 도영이 황은령을 유린하거나 심지어는 죽일 수도 있는 입장이 되었다.

황은령은 자신이 도영에게 혹독한 형벌을 내렸기에 보복이 두려웠다. 자신의 가슴을 끌어안은 그녀는 참혹한 운명 앞에 입술을 곱씹어야 했다.

이때 느닷없이 급소를 맞은 충격에서 벗어나 웅삼이 벌떡 일어서며 사각도를 뽑아 들었다.

"존만이 이 개새끼! 너 오늘 죽었다!"

웅삼이 워낙 흉험한 기세로 달려들자 주변의 사내 녀석들은 감히 제지하지 못하고 서로의 눈치만 살폈다.

도영은 별반 두려워하는 기색 없이 웅삼과 마주 섰다.

"인마, 나 사람이야. 사람 잡는 데 닭 잡는 칼 쓰려고?"

"개새끼, 어느 칼이면 어때?"

극도로 분노한 웅삼은 도영을 향해 사각도를 내려쳤다. 평소였다면 도치를 염두에 두고 위협만 가했겠지만 지금은 너무도 화가 나 감정을 주체하지 못했다.

번득이는 칼날이 도영을 향해 내리꽂혔다.

도영은 웅삼의 눈에 서린 핏발과 끓어오르는 살기를 헤아리고는 비로소 위기를 직감했다.

'이 자식, 진짜로 날 죽이려 하네?'

이 순간 벼락같은 외침이 솔밭을 뒤흔들었다.

"웅삼 이 자식! 지금 무슨 짓이냐?"

거대한 범종이 옆에서 울려 퍼진 듯한 고함에 웅삼은 퍼뜩 정신을 차렸다.

"어엇?"

스스로도 깜짝 놀란 웅삼은 도영을 향해 내려치던 사각도를 회수하고는 뒤로 물러섰다.

"도영아, 어서 물러서라!"

지반을 쿵쿵 울리며 달려오는 사람은 다름 아닌 대망나니 도치였다.

도치가 육중한 망나니 칼을 휘두르며 달려들자 웅삼과 사내 녀석들은 기겁하며 냅다 달아났다.

"니미, 대망나니 아저씨다!"

"어서 튀어! 걸리면 뼈도 못 추린다!"

단숨에 웅삼과 조무래기들을 쫓아낸 도치가 도영을 와락 끌어안았다.

"이 녀석아, 괜찮은 거냐?"

"괜찮아."

"정말? 다친 데는 없고?"

도영을 몸을 여기저기 만져 본 도치는 아무 이상이 없자 비로소 안도했다.

"인석아, 웅삼 그놈과는 맞서지 마라. 머지않아 도방을 맡게 되면 우리 부락의 촌장이 될 녀석이다."

"난 그 녀석 전혀 두렵지 않아. 닭 대가리도 제대로 씹어 삼키지 못하는 놈이 어떻게 도장이 되겠어?"

도영은 턱짓으로 황은령을 가리켰다.

"이 계집애 알지?"

황은령은 찢어진 옷가지로 몸을 둘러 겨우 중요 부위만을 가리고 있었다. 그런 모습이 오히려 더 자극적이었다.

도치는 황은령을 잠시 주시하고는 송충이눈썹을 꿈틀거렸다.

"황호장의 귀공녀……?"

"맞아."

"어떻게 된 거냐?"

"웅삼 그 자식이 이 계집애를 능욕하려기에 내가 사타구니를 한방 걷어차 줬어."

"뭐 하러 구해준 것이냐? 네게 한 짓을 생각하면 나라도 깔아뭉개고 싶은데?"

"그럼 도부가 한번 품던가?"

"에끼, 이 자식."

도치는 도영에게 알밤을 한 대 먹이고는 부락으로 향했다.

도영이 그의 등을 향해 외쳤다.

"어디 가?"

"술 한잔하러 간다."

"여태 취해 있었잖아?"

"벌써 다 깼다!"

도치는 성큼성큼 소나무 사이로 사라졌다.

도영은 황은령을 찬찬히 훑어보고는 묘한 미소를 지었다.

"너 이대로 마을로 내려갈래, 아니면 우리 집에 가서 잠시 지낼래?"

"……"

"강요는 하지 않을 테니 네 마음대로 해."

도영이 앞서 걸음을 옮기자 황은령은 심각하게 고민하다가 도영의 뒤를 따랐다.

고개를 넘어 마당으로 들어선 도영은 멀리서 따라오는 황은령을 보고는 실소를 흘렸다.

"계집애, 그래도 웅삼 패거리들한테 당하기는 싫은가 보군."

방으로 들어간 그는 헌옷을 한 벌 갖고 나왔다. 그가 작아서 입지 못한 옷이라 오히려 황은령에게는 맞을 것 같았다.

그는 마당으로 들어서는 황은령을 향해 옷을 던져 주었다.

"이거라도 입어."

황은령이 옷을 갈아입는 사이 도영은 부엌에서 남은 음식을 챙겨 소반에 담아 내왔다.

"밥은 먹었냐?"

도영이 소반을 통나무 식탁에 내려놓자 황은령은 도영과 음식을 번갈아보며 한참을 망설였다.

그러다 배고픔을 참지 못하고는 허겁지겁 음식을 먹기 시작했다. 얼마나 배가 고팠는지 그녀는 젓가락 대신 손으로 음식을 집어 입에 쑤셔 넣었다.

천민 부락으로 배속된 이후 그녀는 음식을 먹어본 적이 없다.

자신을 위해 누군가 차려준 음식을 먹어보기만 했던 그녀이기에 요리를 할 줄도 몰랐다. 더군다나 도방에 배속된 그녀는 새벽부터 전개되는 살벌한 도살에 속이 메스꺼워 물도 입에 대지 못했던 것이다.

그러나 그녀가 아무리 도도한 성격의 소유자라도 계속되는 굶주림은 견딜 수가 없었다. 한번 음식 맛을 본 그녀는 여느 비렁뱅이가 그러하듯 밥 한 톨 남기지 않고 소반을 싹싹 비웠다.

겁탈의 충격에서 벗어나고 주린 배를 채우게 되자 황은령은 비로소 자신이 동정을 받았다는 수모를 깨닫게 되었다.

'내가 이런 천민 따위한테 동정을 받다니…….'

어렸을 적부터 갖은 호사를 누리며 살아온 그녀였기에 지금의 이런 상황을 납득할 수 없었다. 하기에 그녀는 지금도 오래지 않아 누군가 자신을 이 지옥 같은 소굴에서 구해줄 것임을 꿈꾸고 있었다.

황은령은 옷을 다시 여미고는 초옥을 두루 살폈다.

"이게… 너네 집이야?"

"그래. 예전에 네가 살았던 집에 비하면 쥐구멍에 불과하지."

"왜 내게 잘 대해주는 거야? 나… 난 너한테 혹독한 형벌까지 내렸는데?"

"원래 자상한 주인은 노예한테 잘 대해줘야 돼."

황은령은 영문을 몰라 눈을 동그랗게 떴다.

"노… 노예라고?"

"귀족 세상에도 서열이 있듯이 천민 부락에도 서열이 있지. 아마 이곳 부락에서 노예를 둘 수 있는 집은 우리 집뿐일 거다."

"나를… 나를 노예로 부리겠다고?"

"당연하지. 넌 할 수 있는 게 아무것도 없잖아? 네가 도방에서 닭 모가지를 치겠냐, 돼지 창자를 빼겠냐? 공방에서는 나막신 하나 깎지 못할 테고 무방에 보내도 춤이나 제대로 추겠어? 뭐, 정 원한다면 내가 촌장 아저씨한테 말해 너를 사창가로 보내줄 수도 있어."

"……!"

황은령은 입술이 터져라 깨물며 도영을 직시했다.

도영은 육포를 우물거리며 얘기를 계속했다.

"우리 집에서 노예로 지내면 일단 험한 일은 피할 수 있다.

웅삼 패거리들한테 유린당하지 않을 수 있다는 게 첫 번째 좋은 점이지. 그냥 우리 집에서 요리하고 빨래하고 청소만 하면 돼. 뭐, 도부가 너를 원하면 가끔은 잠자리 시중도 들어야 하겠지만.”

황은령은 자신에게 가해진 비참한 운명에 이를 갈았지만 가슴속으로만 피눈물을 흘렸다.

몸을 일으킨 그녀는 피를 뿜듯이 외쳤다.

“이 야비한 자식아! 남의 불우함을 조롱하는 것이 그렇게도 재미있냐? 네가 인간이라면 한 점 양심이라도 있었어야 돼. 그러니까 네가 개돼지보다 못한 천민이라고!”

“흐음, 아직도 기세가 등등한데?”

도영이 비아냥대자 황은령은 더욱 열변을 토했다.

“오냐, 이 버러지보다 못한 천민아! 같은 천민이라도 난 너와 달라! 내 몸속에는 고귀한 피가 흐른다고! 뼛속부터 천민인 네놈과는 질적으로 달라! 그런 주제에 감히 나를 노예로 부리겠다고?”

황은령은 연신 씨근거리며 마당을 벗어났다.

“차라리 마을로 내려가 그 추악한 놈들한테 능욕을 당하겠다! 잠시나마 네 호의에 감격한 내가 정말 부끄럽다!”

도영은 그녀의 등을 향해 따끔하게 질책했다.

“황은령, 여태 네년이 얼마나 많은 사람들에게 그런 비참한 심정을 안겼는지 한 번이라도 생각해 본 적이 있냐? 네 입맛에 맞지 않는다고 정성을 다한 요리사를 때렸을 것이고, 네 옷이 마음에 안 든다고 밤을 새운 침모에게 욕을 해댔을 것이며, 네게 불손하다며 불쌍한 하녀에게 형벌을 가했을 것이다! 지금 너한테 가장 비참한 게 뭔지 아냐?"

황은령이 고개를 돌려 쏘아보자 도영이 분명하게 일러주었다.

"바로 꼴 같지 않은 가문에 연연해 현실을 인식하지 못한다는 거다. 네년은 지금 천민이야. 구정물을 마시고 돌이 씹히는 밥을 먹고 손발이 부르트도록 일을 해야 해. 그것이 바로 천민의 삶이다. 알겠냐?"

"……!"

"네가 정말 고귀한 품성의 소유자라면 깨끗하게 목숨을 끊어라. 그러면 내가 너를 높이 평가해 정성껏 장례를 치러주지. 하지만 내가 장담컨대 넌 그만한 기품도 없는 계집이야. 네년은 웅삼 같은 녀석한테 능욕을 당하는 순간에도 혀를 깨물고 죽으려 하지도 못했으니까."

도영의 신랄한 비난에 황은령은 결국 참고 참았던 눈물을 흘리고 말았다.

"흑흑, 이 악마 같은 놈! 어떻게… 어떻게 나를 그렇게 매도하는 거야? 차라리 나를 능욕하고 채찍질을 해라! 그러면 이렇게까지… 비참하지는 않을 텐데……!"

황은령은 비통한 눈물을 뿌리며 마당을 벗어났다.

"도영, 네놈을 저주한다! 너와 이 천민 부락 모두를 저주해! 모조리 죽여 버리겠어! 모조리 죽이고 불살라 잿더미로 만들

거라고!"
　언덕을 내려가는 동안 몇 번을 굴렀는지 모른다. 황은령은 통곡을 해대면서 마을 쪽으로 멀어져 갔다.
　도영은 황은령이 끝까지 고집을 부리자 입맛이 썼다.
　"정말 독한 계집이군. 웅삼에게 그냥 당하게 내버려 둘 것을 그랬어."

第五章
신비의 백팔번뇌도

다음날 오후 천민 부락에 한바탕 사단이 벌어졌다.

새벽녘에 부락을 탈출해 도주하던 황은령이 순라꾼들에게 추포돼 끌려온 것이다.

천민들은 나라의 재산이기에 엄격하게 관리된다. 하기에 무단으로 부락을 벗어난 천민은 무조건 탈주자로 간주돼 혹독한 형벌을 받게 된다.

운이 좋으면 매질로 그치겠지만 재수가 없으면 뒤꿈치가 잘리는 형벌을 받게 돼 평생 불구자로 살아야 한다.

형정사 소속의 순검은 두 명의 포쾌와 다섯 명의 정용을 대동해 천민 부락을 방문했다.

천민 부락에 순검과 같은 고위급이 직접 방문하기는 처음이기에 촌장인 왕각을 비롯해 부락민 모두가 마을 광장으로 집결했다.

포승줄에 꽁꽁 묶인 황은령은 무릎을 꿇은 채 고개를 떨어뜨리고 있었다. 이미 흠씬 매를 맞았는지 황은령은 입술이 퉁퉁 부었고 옷이 피로 범벅이 돼 있었다.

삼십 줄 중반 나이의 순검은 매부리코에다 눈매가 예리해 일견해도 냉혹함이 느껴졌다.

"촌장 되는 놈은 앞으로 나서라!"

싸늘한 호통에 왕각이 자리를 절며 순검 앞으로 다가섰다.

"소인이 촌장 왕각입니다요, 나리."

"이 새끼!"

순검은 왕각을 냅다 걷어찼다.

왕각이 쓰러지자 순검은 사정없이 밟아댔다.

"촌장이라는 새끼가 부락민 관리를 어떻게 하기에 계집아이가 야반도주를 하도록 내버려 둔 것이냐? 네놈이 묵인하지 않고서는 결코 있을 수 없는 일이다!"

"아이고! 용서해 주십시오, 나리!"

왕각은 짓밟히면서 줄곧 용서를 빌었다. 공연히 변명했다가는 더 혹독한 매질을 당할 수 있기에 무조건 빌어야 했다.

부락민들은 숙연한 모습으로 허리를 굽힌 채 숨도 제대로 쉬지 않았다. 그들의 생살여탈권을 지닌 형정사 관리들이 대거 출동한 상황이라 입 한번 잘못 떼었다가는 곤욕을 면치 못하기 때문이다.

도영은 상황을 지켜보다가 왕각이 너무 짓밟히자 앞으로 나서려 했다.

한데 누군가의 손이 그의 어깨를 꾹 눌렀다. 돌아보니 초현이었다. 그는 신중한 모습으로 고개를 흔들었다. 함부로 나서지 말라는 경고였다.

왕각을 흠씬 짓밟은 순검은 부락민들을 쏘아보며 사납게 외쳤다.

"계집아이가 공방 소속이라 들었다! 공방을 책임지는 공장은 썩 나서라!"

이에 초현이 무거운 한숨을 내쉬고는 순검 앞으로 다가섰다.

"소인이 공방을 맡고 있는 초현입니다요, 나리."

순검은 곱사등에 얼굴까지 화상으로 얽은 초현을 보고는 매질할 기분이 아닌 듯 눈만 부라렸다.

"네놈은 관리를 어떻게 했기에 계집아이가 달아났는지도 모르는 것이냐?"

"은령은 부락에 배속된 지도 얼마 되지 않아 아직 적응하지 못한 것 같습니다요. 이제 혼이 났으니 다시는 이런 일이 없을 것입니다요, 나리."

"닥쳐라! 네놈의 관리 소홀이니 계집아이와 네놈을 월형(刖刑)에 처하겠다!"

월형은 발뒤꿈치를 베는 형벌로 노예들의 도주를 막기 위한 잔혹한 형벌 중 하나다.

부락민 모두의 존경을 받는 초현에게 월형이 선고되자 왕각이 급히 다가와 무릎을 꿇었다.

"순검 나리, 계집아이는 어제야 비로소 공방에 배속됐으니 죄가 없습니다!"

"하면 그전에는 어디 소속이었느냐?"

"소… 소인이 관장하는 도방 소속이었습니다요."

"오냐, 하면 너를 월형에 처하겠다!"

순검은 자신을 수행해 온 포쾌들에게 명을 내렸다.

"당장 이놈과 계집아이에게 월형을 시행하라!"

황은령이야 죄를 지었으니 상관없지만 촌장인 왕각에게까지 월형이 집행되는 것은 너무나 가혹한 처사였다. 그러나 순검의 선고에 반발했다가는 누구라도 참형을 면치 못하기에 누구 하나 비호하려 들지 않았다.

두 명의 포쾌가 칼을 뽑아 들고 황은령과 왕각에게 다가섰다.

한데 이때였다. 도치가 덩실덩실 칼춤을 추며 마을 어귀로 들어섰다.

"내가 큰 칼을 차고 왔음이여, 황천을 열기 위함이라네!"

대낮부터 얼근하게 취해 칼춤을 추는 것으로 미루어 잠시 전 참수형을 집행한 듯싶었다.

도치는 관복 차림의 관리들을 보고는 눈을 거슴츠레 떴다.

"아니, 나리들이 이 지저분한 부락에는 어쩐 일이시오?"

형정사 관리들은 도치와 잘 아는 사이인데다 망나니 선정

과정에서 수시로 뒷돈을 받아왔기에 도치에 대해서는 비교적 관대했다.

순검은 도치를 다독이며 점잖게 말했다.

"도치는 오늘 참수를 집행하느라 애썼으니 어서 가서 푹 쉬어라."

도치는 바닥에 엎어져 있는 왕각을 힐끗 보고는 고개를 갸웃거렸다.

"내 친구 왕각이 무슨 죄가 있소이까?"

도치가 친구임을 강조하자 순검의 표정이 살짝 일그러졌다.

"형정사의 엄한 법을 집행 중이니 도치는 나서지 마라."

"소인이 어찌 순검 나리의 집행을 방해할 수 있겠소이까? 다만 연유가 궁금해서 묻은 거외다."

"천민 부락에 배속된 계집아이가 야반도주를 하다 추포되었다. 촌장인 왕각이 당연히 책임을 져야 한다."

비로소 연유를 알게 된 도치는 황은령과 왕각을 번갈아 보고는 한쪽 무릎을 꿇었다.

"순검 나리, 두 사람의 발뒤꿈치보다는 계집아이의 목을 베는 것이 효과적이외다. 소인이 계집아이의 목을 베겠소이다."

"참수는 안 된다. 나라의 재산을 어찌 함부로 손상할 수 있겠느냐?"

"월형도 마찬가지외다. 계집아이는 한두 해만 숙성하면 노예로 팔아도 비싼 값을 받을 만큼 미색을 갖춘 아이외다. 그렇다고 촌장에게만 형벌을 가할 수도 없지 않겠소이까?"

도치는 약간의 뜸을 두고는 정중히 청했다.

"한 번쯤 자비를 베풀어 저희 무지렁이들에게 폐하의 성덕을 알려주십시오."

폐하의 성덕.

도치가 갑작스레 성스런 황제의 자비를 거론하자 순검은 입장이 난처해졌다.

월형을 강행하자니 황제의 후덕함이 손상될 것이며, 그렇다고 한갓 망나니의 요구를 수용하자니 순검의 권위가 손상된다.

이에 도치와 교분이 두터운 포쾌가 얼른 중재에 나섰다.

"나리, 태수께서도 참수를 집행한 날에는 대망나니 도치에게 후덕함을 베푸셨소. 나리께서 형정사의 추상같은 법을 충분히 주지시켰으니 월형만은 면해주십시오."

도치 덕분에 뒷돈을 받아먹은 포쾌들이 동조하자 순검도 마지못한 듯 월형을 철회했다.

"계집아이를 매달아라. 채찍 스무 대로 형을 대신하겠다!"

짜악― 짜악―!

황은령은 채찍질 다섯 번에 까무러쳤다. 얼굴에 찬물을 끼얹어도 정신을 차리지 못하자 형벌이 마무리되었다. 하기는 건장한 청년도 버티기 힘든 채찍질을 어린 계집아이가 다섯 대나 맞았으니 뼈가 상하지 않으면 다행이었다.

형정사 관리들이 돌아가자 부락민들은 비로소 안도하며 한

숨을 내쉬었다.

"아이고, 이제 살았군."

"모두 대망나니 덕분이야. 도치가 왕각을 구했어!"

"도치, 우리 도방에서 거하게 한잔 대접하겠네. 가세나."

도방 사람들은 도치를 에워싸고 도방으로 데려갔다.

초현이 꾸부정한 몸으로 황은령을 들쳐 업자 도영이 퉁명스레 말했다.

"왕 아저씨는 잘못이 없지만 이 계집애는 월형을 당해도 싸."

"그런 소리 마라. 오죽 힘들었으면 도주를 생각했겠느냐?"

"누구는 좋아서 천민 부락에 남아 있는 줄 알아?"

"도영아……?"

"누구라도 도주했다가는 부락민 모두가 큰 피해를 당하기에 참고 있는 거잖아? 한데 이 계집애는 그런 배려가 전혀 없어. 오로지 자신만 살겠다는 거였어."

도영은 혼절해 있는 황은령의 볼을 아프게 꼬집었다.

"치료해 줄 것도 없어. 다시 도주할 계집이니까."

2

공방으로 배속된 황은령은 도영의 예상과 달리 얌전하고 성실하게 일했다. 손재주가 없어 아직 나막신 하나 깎을 줄은 몰랐지만 청소와 빨래 등 궂은일을 도맡아했다.

도방의 드센 아이들과 달리 공방의 아이들은 비교적 온화한 성격이라 황은령을 겁탈하려는 만행은 저지르지 않았기에 황은령도 잘 적응하는 것처럼 보였다.

닷새 정도 지났을까.

공방에서 사용되는 작업 도구를 손질해서 가져온 도영은 우물가에서 빨래를 하고 있는 황은령을 보게 되었다.

황은령은 빨래가 담긴 통을 열심히 밟으며 때를 빼고 있었다.

천민으로 전락했다 해도 타고난 피부가 워낙 희고 깨끗해 걷어 올린 치마를 통해 보이는 희멀건 허벅지가 대리석 같았다.

도영은 우물을 길어 한 모금 마시고는 퉁명스레 내뱉었다.

"언제 도망갈 생각이냐?"

"……."

"이번에도 걸리면 내가 직접 네 뒤꿈치를 잘라줄 거다."

도영이 으름장을 놓자 황은령이 차분한 어조로 물었다.

"너, 나 좋아해?"

"뭐야?"

도영이 황당한 표정으로 눈을 동그랗게 뜨자 황은령은 싸늘하게 응수했다.

"나를 좋아하는 게 아니면 아는 체도 하지 마. 말도 걸지 말고. 알았어?"

"……!"

도영은 황은령의 눈빛에서 뿜어지는 새파란 독기에 내심 놀라움을 금치 못했다.

'이 계집애… 보통 독종이 아니로군.'

그는 본능적인 불길함을 직감했지만 애써 무시했다.

"계집애, 부락에 적응하려면 아직 멀었어."

도치는 집에 없었다. 하기는 그가 집에 있는 경우는 술에 취해 자고 있을 때가 거의 전부다.

"잘됐군."

도영은 벽에 세워둔 죽도를 집어 들었다.

죽도를 손에 쥔 도영은 백팔번뇌도의 한 장면을 뇌리에 떠올리며 동작을 연출해 보았다. 아직 도해를 깨우치지 못해 정확한 변화를 몰라 그림의 전후 과정은 유추할 수밖에 없었다.

"이거던가……?"

도영은 백팔번뇌도 중 제십칠도의 그림에 따라 죽도를 휘두르면서 걸음을 옮겼다.

휘익— 휘익—!

그림에 몰입하다 보니 바람을 가르는 소리가 고막을 자극하는 것도 몰랐다. 그가 죽도를 휘두를 때마다 지표가 그어지면서 흙먼지가 피어올랐지만 그것도 인식하지 못했다.

얼마나 지났을까.

죽도를 멈춘 도영은 비로소 자신의 몸이 땀으로 흠뻑 젖었음을 깨닫게 되었다.

"크게 힘들여서 휘두른 것도 아닌데……."

무심코 바닥을 살피던 도영은 지표면에 새겨진 형상을 보고
는 깜짝 놀랐다.

마당에 한 폭의 그림이 새겨져 있는데 그가 백발번뇌에서
보았던 바로 그 그림이었다. 그가 허공에 그림을 새긴 것이 바
닥에 그대로 재현된 것이다.

"아……!"

도영은 신비로운 현상에 놀라 바닥에 새긴 그림에서 눈을
뗄 수가 없었다.

이 순간 제십칠도의 그림에 새겨진 도해가 뇌리 속에 선명
하게 새겨졌다.

모(慕)는 본성이니
혼(魂)이 백(魄)을 그리워함이며
오원(五元)이 육기(六氣)에 이름이다…….

도영은 어렴풋이나마 도해의 의미를 이해할 것 같았다.

"모는 그리움을 뜻한다. 생모를 향한 내 그리운 마음이 백팔
번뇌도의 제십칠도인 모도(慕圖)를 우연히 해석한 것 같구나."

예상치 않게 백팔번뇌도의 일부분을 해석한 도영은 비로소
백팔번뇌도가 무엇을 의미하는지 조금은 이해할 수 있었다.

"백팔번뇌도는 수행을 통해 해소해야 할 백여덟 가지의 번
뇌를 표현한 그림이야. 그중에서 나는 모 한 가지를 얻는 것

이다.”

그리움이 사무친 모(慕)…….

도영은 상상으로만 그려낼 수 있는 생모를 떠올리며 씁쓸함을 곱씹었다.

“엄마에 대한 그리움은 아마도 나보다 도부가 더할 거야.”

3

이레가 되지 않아 천민 부락에서 다시 중대한 사고가 발발했다.

황은령의 도주!

저녁 식사를 마치고 설거지를 하러 나간 황은령이 밤이 늦도록 돌아오지 않아 수소문해 보니 부락 내에서 사라졌음이 확인된 것이다.

부락 내에서 난리가 났다.

일전에 황은령의 야반도주로 인해 형정사로부터 엄중한 문책을 받았는데, 또다시 탈주를 했으니 이는 부락민 모두에게 재앙이나 다를 바 없었다.

긴급회의를 거쳐 부락민들은 즉각적으로 추포대 결성을 결정했고, 왕각은 촌장의 직권으로 세 명에게 통행패를 발급해 주었다.

천민들은 유시 이후에는 부락 밖으로 나갈 수 없는데, 긴급한 공납품을 제작하기 위한 재료를 구해야 할 때는 촌장이 책임지고 통행패를 발급할 수 있었다.

물론 이에 따른 모든 불상사는 각 방의 수장과 촌장이 책임
져야 하기에 통행패 발급은 아주 신중하게 이루어진다.

도방과 공방, 철방에서 각기 선발된 세 명의 추포대는 야음
을 뚫고 추격에 나섰다.

천민의 부락 탈주는 부락민 모두에게 혹독한 형벌을 가져다
줄 수 있기에 수서촌 천민 부락은 전전긍긍했다. 어른들은 삼
삼오오 모여 최악의 사태에 대비했고, 아이들도 자칫 먼 곳으
로 팔려갈 수 있다는 풍문에 잠을 이루지 못했다.

"존만아, 모두 너 때문이야!"

도영을 불러낸 웅삼은 다짜고짜 도영의 멱살을 쥐고는 소나
무 기둥에 밀어붙였다.

"그때 내가 은령 그년을 품었으면 이런 일 없었을 거다! 그
년이 아무리 어려도 내 아랫도리 맛을 보았다면 달아날 생각
을 했겠어?"

도영은 어처구니없다는 듯 조소를 흘렸다.

"바보, 기회가 여러 번 있었는데 왜 품지 못했어? 너 혼자서
는 아무것도 못하냐?"

"이 새끼가 정말!"

"넌 인마, 목소리만 커. 그게 문제야."

도영은 웅삼의 손을 밀쳐 내고는 그의 똘마니들을 쓸어보았
다.

“니들, 은령이 어디로 도주할 거라는 얘기 정말 못 들었어?”

사내 녀석들은 서로 눈치를 보다가 고개를 저었다.

“계집애가 그동안 조신하게 굴기에 전혀 예상치 못했어.”

“공방 녀석들도 전혀 몰랐대.”

도영은 평소와 달리 늦은 밤에도 환하게 밝혀져 있는 마을을 내려다보았다.

“니미, 그래서 그년 발뒤꿈치를 뱄어야 했다니까.”

웅삼이 옆에 서며 투덜거렸다.

“모두 네 아버지 때문이야. 형정사 순검이 월형에 처하려는 것을 네 아버지가 막았잖아?”

“그래서 도방의 왕 아저씨까지 월형을 당했어야 옳았다는 거냐?”

도영이 예리하게 반박하자 웅삼은 머리를 긁적이며 말끝을 흐렸다.

“새끼, 뭔 말을 못하게 해.”

그는 허리춤에서 사각도를 뽑아 들었다.

“여우 같은 년, 잡혀오기만 해! 당장 발모가지를 동강내 버릴 테니까!”

웅삼 패거리와 헤어져 집으로 향하는 도영은 왠지 마음이 무거웠다.

황은령과는 악연으로 맺어졌지만 그녀가 천민으로 전락해 수서촌 부락으로 배속된 이후 도영에게 흥미로운 관심사였다.

가시 돋친 장미처럼 악을 써대는 황은령의 추락이 고소해서가 아니었다.

황은령을 보면서 그 역시 동병상련을 느꼈기 때문이다.

천민 부락 아이들은 대부분 꿈이 없지만 그는 늘 푸른 하늘을 가슴에 품고 있었다. 그의 삶이 천민 부락에서 끝나지 않을 것이라는 생각은 그의 바람이며 직감이기도 했다.

천민 부락에서의 남다른 존재.

그런 그였기에 귀공녀의 신분에서 천민으로 전락한 황은령이 자신과 무관하게 생각되지 않았던 것이다.

한데 황은령이 도주했다.

한 번도 아니고 두 번씩이나.

도영은 별빛조차 보이지 않는 암회색 하늘을 올려다보았다.

'사람한테는 누구에게나 운명을 바꿀 기회가 있다고 했다. 한데 황은령 너는 기회를 잘못 선택한 것 같구나!

4

"하악! 하악……!"

가쁜 숨을 몰아쉬며 달아나던 황은령은 나무뿌리에 걸려 그만 비탈에서 구르고 말았다. 돌부리에 머리가 부딪치고 나뭇가지에 몸일 긁혔지만 그녀는 입술을 깨물며 고통을 참았다.

'안 돼! 신음조차 내면 안 돼!'

지난번 야반도주 때 약간의 부주의로 순라꾼에게 발각돼 잡혔던 전력이 있기에 이번에는 정신을 바싹 차렸다.

그녀의 일차 목표는 양주에서 벗어나는 거였다.

비리와 부패에 연루돼 가문이 풍비박산 나는 바람에 의지할 곳 없는 몸이지만 그녀는 천민 부락만 벗어나면 어디에서든 살 자신이 있었다.

'차라리 비렁뱅이로 살지언정 천민으로는 살지 않겠다! 이번에도 발각되면… 차라리 죽어버릴 거야!'

황은령은 단단히 작심을 하며 품속에 숨겨둔 비수를 매만졌다. 공방의 작업실에서 훔친 비수는 불의의 사태 때 자진하기 챙겨둔 것이다.

나뭇등걸에 걸리는 바람에 구르던 몸이 멈춰지자 황은령은 아픔을 무릅쓰고 겨우 몸을 일으켰다.

'가야 돼! 날이 새기 전에 양주를 벗어나야 안심할 수 있어!'

놀라운 정신력으로 몸을 일으켜 세웠지만 사위가 너무 어두워 방향을 잡을 수가 없었다. 그동안은 막연히 서쪽을 정하고 달려왔지만 비탈에 넘어지면서 방향 감각을 상실하고 말았다.

잠시 전까지만 해도 별빛 하나 없는 칠흑 같은 밤이 반가웠지만 지금은 방향을 알려줄 별자리가 없기에 원망스럽기만 했다.

'가야 해. 어디든 가야 해.'

황은령은 다급한 마음에 아무 방향이나 잡고 걸음을 옮겼다. 잠깐 사이 몇 번을 넘어지면서 무릎이 깨지기도 했지만 그녀는 이를 악물며 다시 걸음을 옮겼다.

이때 어둠 속에서 두런두런 말소리가 들리며 불빛이 어른거렸다.

'아앗……!'

질겁한 황은령은 나무 뒤에 몸을 바싹 붙인 채 손으로 입을 틀어막았다.

야심한 시각에 횃불을 밝혀 들고 산속을 지날 사람은 추포대 아니면 순라꾼뿐이다. 상대가 누구이든 발각될 시에는 그녀의 탈출은 끝장이다.

횃불을 밝혀든 두 사람이 연신 주변을 살피며 지나가고 있었다. 나무 뒤에 몸을 숨긴 채 그들을 훔쳐본 황은령은 가슴이 덜컥 내려앉았다.

옷차림으로 미루어 도방과 공방 소속의 부락민이었다.

황은령은 턱을 덜덜 떨었다.

'이, 이게 어떻게 된 거야? 저것들이 벌써 추격해 오다니!'

황은령은 자신의 머리를 쥐어뜯었다. 짙은 어둠 때문에 멀리 가지 못하고 산중을 헤맨 탓으로밖에 생각할 수 없었다.

그녀는 입술을 질끈 깨물며 요동치는 심장을 진정시켰다.

'진정해. 저들이 멀어지기를 기다렸다가 도주하면 돼.'

두 부락민은 바위 밑과 덤불 사이를 횃불로 비추면서 샅샅이 수색했다.

"분명 이쪽으로 뭔가 구르는 소리가 났는데……?"

"어린 계집이 가면 얼마나 가겠어? 멀리 달아나지 못했을 테니 잘 살피자고."

두 부락민은 주변 일대를 수색하고는 수림 밖으로 사라졌다.

황은령은 부락민들이 충분히 멀어지기를 기다렸다가 나무 뒤에서 나섰다.

"일단 반대방향으로 피하자."

황은령은 부락민들이 왔던 방향을 가늠해 급히 걸음을 옮겼다. 한데 이때였다. 누군가 덤불 속에서 튀어나와 그녀의 머리채를 휘어잡았다.

"이년!"

세 명의 추포대 중 철방 소속의 부락민이었다.

두 명이 모습을 드러내 황은령을 안심시킨 다음 끌어내 추포하겠다는 그들의 작전이 들어맞은 것이다. 사실 열대여섯 살에 불과한 계집아이의 야반도주는 주변 일대에 익숙한 그들에게 있어 손쉬운 사냥거리에 불과했다.

"계집이 여기 있네! 내가 잡았어!"

철방 부락민은 황은령을 수림 밖으로 이끌면서 소리쳤다.

이 순간 황은령의 손에서 서늘한 기운이 번득였다.

"크윽!"

가슴에 비수가 박힌 부락민은 눈을 부릅뜬 채 황은령을 쏘아보았다. 심장에 정통으로 찔렸는지 부락민은 꼿꼿하게 앞으로 엎어졌다.

황은령은 반사적으로 비수를 내질렀지만 막상 부락민이 절명하자 모골이 송연해졌다.

살인!

사람을 죽였다. 자신의 손으로 사람을 죽인 것이다.

충격과 두려움에 사로잡힌 그녀는 오금이 저려 꼼짝도 하지 못했다. 비록 귀공녀의 신분에서 천민으로 전락했다지만 평생 생각해 본 적도 없는 끔찍한 살인을 저질렀기에 그녀는 머릿속이 하얗기만 했다.

이때 부락민의 외침을 듣고 달려온 두 부락민이 현장에 당도했다.

공방 소속의 털보가 철방 소속 부락민을 뒤집었다.

"어엇?"

그는 가슴에 비수를 꽂고 죽은 동료를 보고는 눈알이 뒤집혔다.

"이런 찢어죽일 년!"

그는 도방 소속 뱁새눈에게 붙잡혀 있는 황은령을 향해 모질게 따귀를 날렸다.

짜악! 짜악!

황은령은 눈에서 불똥이 튀는 고통과 충격에 휩싸여 바닥에 쓰러졌다.

황은령을 올라타고 앉은 털보는 연속적으로 따귀를 갈겼다.

"이런 독한 년! 감히 장팔을 죽이다니!"

황은령은 코피가 터지고 입안이 헐어 얼굴이 피로 얼룩졌다. 고통이 극심했지만 워낙 충격이 커서인지 살려달라는 애원조차 입 밖으로 나오지 않았다.

털보는 커다란 손으로 황은령의 목을 움켜쥐었다.

"이런 년은 죽여야 돼!"

그러자 뱁새눈이 급히 만류했다.

"모돈, 일단 계집을 살려서 데려가야 하네!"

"죽은 장팔은 어떻게 하고?"

"사, 사고를 당한 것으로 하세나. 계집이 탈주했다는 사실은 절대 비밀로 붙여야 하네."

"젠장!"

황은령의 숨통을 조이려던 털보는 몸을 일으켰다. 그러다 맥없이 늘어져 있는 황은령의 몸을 보고는 입맛을 썩 다셨다.

"자네는 잠시 돌아서 있게."

털보는 황은령의 젖가슴을 더듬었다.

"다시는 달아날 생각 못하게 도장을 찍어놓아야지."

"이, 이 사람아, 아직 어린아이일세."

"우리 같은 무지렁이가 언제 귀공녀 출신을 품어보겠어? 자네도 모처럼 몸 좀 풀게나."

바지춤을 내린 털보는 황은령을 올라탔다.

"흐흐, 사실 네년이 우리 부락에 배속될 때부터 유린할 마음이 있었다."

황은령은 또다시 겁탈의 상황에 처하자 운명이 너무도 원망스러웠다.

'이 더러운 세상! 모조리 피로 씻겠다!'

털보는 고약한 입 냄새를 풍기며 황은령의 볼과 목덜미를 핥았다. 한데 털보의 입에서 비명 소리가 터져 나왔다.

"악!"

귀를 감싸 쥔 그는 아픈 비명을 지르며 데굴데굴 굴렀다. 손가락 사이를 통해 피가 흘러나왔다. 황은령이 죽기 살기로 털보의 귀를 물어뜯은 것이다.

털보가 나가동그라지자 황은령은 냅다 줄행랑을 쳤다.

이를 본 뱁새눈이 황은령의 뒤를 쫓아왔다.

"서라, 고약한 계집!"

계집아이의 뜀박질로 장정의 추격을 뿌리치기에는 한계가 있었다. 뱁새눈이 등 뒤까지 바싹 추격해 오자 황은령은 눈물을 뿌리며 처절하게 외쳤다.

"하늘이시여, 제발 살려주세요!"

순간 한줄기 붉은 섬광이 어둠 저편에서 날아들었다.

번쩍!

섬광이 번득이며 뱁새눈의 수급이 허공으로 치솟아올랐다. 비명소리조차 없었다.

난데없는 섬광에 놀라 뒤를 돌아본 황은령은 가슴이 덜컥 내려앉았다. 목이 달아난 뱁새눈의 몸뚱이가 댓살 같은 피를 뿜으며 고꾸라진 것이다.

"아앗……?"

한쪽 귀가 뜯겨나간 털보가 뒤미처 쫓아오다가 이를 보고는 기겁했다.

"허억?"

그는 바짝 비수를 움켜쥐고는 황은령을 직시했다.

"독한 계집! 이년이 장팔에 이어… 표삼까지 죽여?"

황은령은 뒷걸음질을 치며 손사래를 쳤다.

"아, 아니에요!"

그러나 두 동료의 주검을 목격한 털보에게 황은령의 부인은 전혀 눈에 들어오지 않았다. 격분한 그는 황은령을 생포해 돌아가야 한다는 임무조차 잊었다.

"이년, 죽여 버리겠다!"

털보는 황은령을 향해 비수를 내리찍었다.

공포에 질린 황은령은 숨이 막혀 비명조차 지를 수 없었다. 또 한 차례의 절망.

이 순간 잠시 전과 같은 붉은 섬광이 번득였다.

번쩍!

섬광이 스쳐 간 털보는 정수리부터 쪼개졌다. 미간과 인중을 따라 붉은 피가 뿜어지더니 털보는 두 쪽으로 갈라지고 말았다.

목이 잘린 자와 몸통이 쪼개진 자.

두 사람이나 죽었지만 비명 소리조차 없었고, 죽은 자들은 자신이 어떻게 죽었는지도 알지 못했다.

죽음 직전에서 위기를 모면한 황은령은 턱을 덜덜 떨었다.

"아, 대체… 어찌 된 일이지……?"

충격적인 살인 현장에 두 발이 얼어붙은 황은령은 눈알만 굴리며 주변을 살폈다.

스스슥……!

유령처럼 바닥으로 내려선 사람은 백발의 중년여인이었다.

창백할 만큼 하얀 얼굴과 머리카락을 제외하고는 흑색 일색이기에 마치 몸뚱이가 없는 귀신처럼 보였다. 흑의 사이로 허리춤에 찬 칼 일부가 언뜻 내비쳤다.

황은령은 전신의 피가 식는 싸늘한 공포에 젖어 털썩 무릎을 꿇었다.

"아아……!"

백발의 여인은 앳된 모습의 황은령을 보고는 가는 눈썹을 찌푸렸다.

"아직 아이로구나?"

"으… 은공께 감사드립니다."

"죽을 놈들을 죽였을 뿐이니 사례할 것 없다."

여인의 음성은 얼음 굴에서 흘러나오듯 싸늘해 황은령은 절로 허연 입김을 훅훅 뿜어내야 했다.

이때 두텁게 하늘을 덮은 암회색 구름이 갈라지면서 달빛이 흘러나왔다. 구름에 가려서인지 붉은빛이 감도는 달빛이 피를 뿌려놓은 듯 섬뜩했다.

붉은 달빛에 비쳐진 황은령을 내려다본 여인은 흠칫 놀라 눈을 가늘게 떴다.

"응……?"

냉기가 감도는 눈빛으로 황은령을 직시하던 여인이 손을 뻗어 황은령을 일으켜 세웠다.

　　차가우면서도 부드러운 기운에 휩싸여 몸을 일으킨 황은령은 잔뜩 긴장한 눈으로 여인과 시선을 마주했다.
　　백발여인은 황은령의 얼굴을 닦아주고는 맥문을 가볍게 쥐었다.
　　"네 이름이 무엇이냐?"
　　황은령은 심장이 얼어붙는 한기를 느끼면서도 또렷하게 대답했다.
　　"소녀는 황은령이라 하옵니다."
　　"네 복색이 누추해도 귀티가 느껴지는구나. 어찌 된 일이냐?"
　　"소녀는 황호장의 여식이었는데 가문이 몰락하면서 그만 수서촌 천민 부락에 배속되고 말았습니다. 저는 그 짐승 같은 소굴에서 도저히 살 수 없기에 도주했는데… 그만 이들에게 붙잡히고 말았습니다."
　　간명하지만 황은령의 내력과 신세가 충분히 설명되었다.
　　일순 백발여인의 입가에 희미한 미소가 감돌았다.
　　"하면 네가 마땅히 갈 곳이 없는 몸이구나?"
　　"그렇습니다. 은공께서 소녀를 거둬주십시오. 은공의 하녀가 되어서 손발이 닳도록 섬기겠습니다."
　　황은령은 다시 무릎을 꿇으며 고개를 조아렸다.
　　백발여인은 구름의 틈새로 보이는 붉은 달을 올려다보았다.
　　"너는 천살성(天殺星)의 기운을 타고난 아이다. 네 가문이 몰락한 이유도 네가 지나치게 강한 살기를 지녔기 때문이다."

"저 때문에… 가문이 몰락했다고요?"

"그래. 네가 직접 죽이지 않아도 네 주변 사람은 죽을 수밖에 없다. 너는 죽음을 불러오는 마력을 지녔다. 그것이 바로 천살성의 기운을 타고난 자의 운명이지."

"내가 죽음을 불러온다고……?"

황은령은 스스로의 존재가 두려워 본능적으로 전율했다.

백발여인은 황은령에게로 시선을 돌렸다.

"오늘 태사조의 기일을 맞아 명천애(冥天厓)를 참배하고 귀환 중이었는데 너를 만나게 되었구나. 너와의 인연은 아마도 태사조의 배려이신 것 같다."

황은령을 일으켜 세운 혈훼궁주는 함께 둥실 떠올랐다.

"가자. 너를 통해 본 궁의 백 년 숙원을 이룰 것이다!"

허공 높이 치솟은 황은령은 오금이 저리는 두려움과 짜릿한 흥분을 동시에 맛보았다.

그녀는 수서촌을 찾기 위해 어둠을 두루 살폈다. 저 멀리 희미한 불빛이 보였지만 그곳이 천민 부락인지는 분명치 않았다.

황은령은 멀리 불빛을 직시하며 입술을 꼭 깨물었다. 그녀의 눈망울에 원독의 기운이 가득 피어올랐다.

'버러지 같은 천민 놈들! 언제고 네놈들을 모조리 죽여 버리겠다!'

第六章

대참사, 그리고 새로운 운명

휘이잉……!

한여름의 열기를 가라앉힐 싸늘한 바람과 함께 수십 명이 수서촌 어귀로 내려섰다.

핏빛처럼 붉은 옷에 검은 피풍의를 두른 무사들.

무사들의 핏빛을 발하는 눈은 악귀를 방불케 했다. 또한 그들의 몸에서 뿜어지는 음습한 기운에 지면마저 검게 물들었다.

무사들 대부분은 이마에 푸른 두건을 둘렀으며 세 명은 붉은 두건을 둘렀다.

한 명의 노인만 푸른 도포를 걸쳤는데 틀어 올린 상투에 나무 비녀를 꽂았다. 대꼬챙이처럼 바싹 마른 노인의 눈은 감정한 점 깃들어 있지 않은 무심 그 자체였다.

청포노인은 어둠 저편으로 보이는 부락의 불빛을 훑어보았다.

"틀림없느냐?"

그러자 붉은 두건을 두른 중년인 중 하나가 응대했다.

"확실합니다, 마상(魔相)님! 모든 정보를 분석한 결과 부락에 은신해 있는 자가 조자양(趙子陽)임이 확인되었습니다."

청포노인의 입가에 싸늘한 미소가 피어올랐다.

"크훗, 조자양! 네놈이 용케 살아 있었구나!"

그는 어둠 속으로 보이는 부락을 쓸어보았다.

"저곳이 천민 부락이라고?"

"그렇습니다. 버러지보다 못한 천민들의 거주지입니다."

청포노인은 건조한 어조로 지시를 내렸다.

"혈신삼령(血辰三令), 너희는 청마대(靑魔隊)를 이끌고 부락 내 살아 있는 모든 것을 모조리 죽여라. 조자양은 내가 친히 제압하겠다."

"예, 마상님!"

이마에 붉은 두건을 두른 혈신삼령은 서른 명에 달하는 청마대를 이끌고 부락 안으로 뛰어들었다.

이때 횃불이 어른거리며 관복을 입은 네 명의 관병이 어둠 속에서 어슬렁어슬렁 다가섰다.

야간 순찰을 도는 순라꾼들이었다.

순라꾼들은 부락 어귀에 있는 마상을 보고는 대뜸 언성을 높였다.

"웬 놈이냐?"

순라꾼들은 부락을 탈출하려는 천민이다 싶어 서둘러 달려왔다.

마상은 그들을 쳐다보지도 않은 채 허리춤의 검을 쥐었다.

번쩍!

한줄기 섬광이 순간적으로 피어올랐다가 사라졌다.

순라꾼들의 수급이 일제히 허공으로 튀어 올랐다. 비명 한 번 지르지 못한 횡사였다.

순식간에 순라꾼들의 목을 벤 수법은 마상이 발출한 검법이었다. 검이 언제 뽑히고 꽂혔는지를 가늠할 수 없을 만큼 빠른 절대적인 쾌검.

꼿꼿하게 상승한 마상은 허공을 밟고 흐르듯 부락 내로 날아갔다.

꿀꺽꿀꺽……!

단숨에 반병의 술을 들이켠 웅삼은 공납품 중에서 따로 빼놓은 쇠간을 꺼내 으썩으썩 씹었다. 오늘 오후 도살한 소라서 그런지 쇠간이 신선하면서도 고소했다.

웅삼은 돌소금을 한 톨 입에 털어 넣고는 입가를 핥았다.

"헤헷, 역시 간은 역시 쇠간이야. 돼지 간과는 비교가 안 되지."

쇠간은 워낙 귀하기에 도방의 수장이라도 함부로 빼돌릴 수 없는데 웅삼은 포장하는 과정에서 잽싸게 쇠간 일부를 잘라낸 것이다.

훔쳐 먹는 음식은 혼자 먹어야 맛있다.

웅삼은 마을이 내려다보이는 구릉에 앉아 쇠간과 술을 먹고 마시며 혼자 기분을 냈다. 먹을 것이 귀한 천민 부락이다 보니 또래들과 나눠 먹겠다는 마음은 조금치도 없었다.

한데 이때였다. 마을 어귀서부터 비명 소리와 아우성이 연이어 울려 퍼졌다.

웅삼은 처음에는 급한 주문을 받고 야밤에 도살을 벌이는 줄 알았다. 하지만 닭 모가지를 치는 소리가 아니었고 돼지 멱을 따는 소리도 아니었다.

그것은 분명 사람의 비명 소리였다.

"뭐, 뭐야?"

웅삼은 쇠간을 마저 입에 털어 넣고는 몸을 일으켰다.

비명 소리는 빠른 속도로 마을 중간까지 번졌다. 어슴푸레한 달빛 때문에 시야가 분명치 않은 와중에 번득이는 검은 붉은 인영들이 보였다.

웅삼의 눈에 비친 붉은 인영들은 귀신이며 사신이었다.

붉은 인영들은 움막에서 뛰쳐나온 부락민들을 쫓으며 가차 없이 목을 벴다. 한번 바닥을 찍으면 훨훨 날아올랐고 움막 몇 채는 가볍게 뛰어넘었다.

"허억?"

엄청난 사태임을 직감한 웅삼은 바위 아래 바싹 몸을 숨긴 채 마을에서 벌어지고 있는 끔찍한 살육을 지켜보았다.

불길을 등진 채 도방에서 뛰쳐나오는 두 사람이 보였다.

왕각과 그의 아내였다.

옷도 제대로 걸쳐 입지 못한 부부는 하얗게 질린 채 거친 숨을 몰아쉬며 내달렸다.

웅삼에게 있어 왕각 부부는 양부모와 다를 바 없었다. 어렸을 적 고아가 된 그를 왕각 부부가 키워주다시피 했고, 덕분에 웅삼은 도방에서 자리를 잡을 수 있었던 것이다.

"여기……!"

왕각 부부를 소리쳐 부르려던 웅삼은 그들 뒤로 날아드는 붉은 인영을 보고는 급히 자신의 입을 틀어막았다.

두 명의 청마대 마병(魔兵)이 왕각 부부를 향해 칼을 휘둘렀다.

"으아악!"

왕각은 허리가 잘렸고 아낙은 상반신이 비스듬히 잘리는 참살을 당했다.

너무도 끔찍한 죽음 앞에 웅삼은 숨조차 제대로 쉴 수 없었다. 복수심 때문에 뛰쳐나가려는 생각은 머릿속에서만 맴돌 뿐 그의 몸은 석상처럼 굳어졌다.

청마대 마병들은 불길 속을 헤치고 나서는 부락민들을 가차없이 베어버렸다.

살인이 아닌 도살!

능선에서 이를 지켜보는 웅삼의 눈에 절로 눈물이 흘렀다.

슬픔보다는 분노가 서린 눈물이었다. 부락민들과 애틋한 정은 없지만 그래도 십팔 년을 함께 부대끼며 살아왔기에 소, 돼지처럼 도살되는 참상 앞에 통탄하지 않을 수 없었다.

'사악한 새끼들, 이 원한은 잊지 않겠다!

일순 그는 자신의 운명에 중대한 계기가 찾아왔음을 직감했다.

'그래, 수서촌이 잿더미가 되면 나 역시 죽은 것으로 기록될 것이다. 그러면 난 자유야!'

천민에서 자유민.

웅삼은 비분과 희열을 동시에 느끼는 혼란스런 감정 속에서어서 이 지옥 같은 도살이 끝나기만을 기원했다.

'왕각 아저씨! 내가 힘을 얻게 되면 반드시 복수해 드리겠으니 제발 나를 살려주시구려!'

충전하는 화광 속에 수서촌은 처절한 지옥도로 화하고 있었다.

"뭐지……?"

외부의 소란에 잠에서 깨어난 도영이 문을 열고 밖으로 나섰다.

마을에서 치솟는 화염으로 인해 하늘이 온통 붉었다.

"이런, 불이 났잖아?"

도영은 도치의 방문을 열고 들어섰다.

"도부, 어서 일어나! 마을에 불이 났어!"

도치는 술기운을 풀풀 풍기며 도영의 손을 밀쳐 냈다.

"인석아, 우리 집에 불난 것도 아닌데 웬 난리야?"

그는 북슬북슬한 가슴 털을 벅벅 긁고는 다시 잠에 빠져들었다.

"뭐, 틀린 말은 아니네?"

도영은 쓴웃음을 흘리며 마당으로 나섰다.

사실 그들 부자의 집은 마을과 멀리 떨어져 있어 설사 마을이 잿더미로 변한다 해도 전혀 관계가 없었다. 도의상 불을 끄러 내려가야 했지만 그렇게까지 자상한 부자도 아니었다.

"큰불이 났나 본데?"

도영은 더욱 맹렬하게 치솟는 불길을 바라보다가 문득 불길함을 직감했다.

"어째 비명 소리도 들리는 것 같은데……?"

이때 하나의 인영이 소나무 숲 위를 가로질러 마당으로 날아들었다. 이렇듯 빠른 움직임을 처음 본 도영은 놀라움과 두려움을 동시에 느꼈다.

도영 앞으로 내려선 사람은 뜻밖에도 꾸부정한 허리의 초현이었다. 그는 손에 석 자 길이의 칼을 쥐고 있는데 칼끝을 타고 피가 흘러내리고 있었다.

도영은 깜짝 놀라 자신도 모르게 한 걸음 물러섰다.

"초 아저씨……?"

초현의 얼굴은 화상에 일그러졌지만 본래의 표정은 온화했다. 한데 지금은 심각하게 굳어져 있어 몹시 흉포하게 보였다.

"도치는 어디 있느냐?"

"방에……."

"어서 떠날 차비를 하거라!"

초현은 다급히 외치고는 도치의 방으로 들어갔다.

도치는 여전히 술에 취해 코를 골다가 초현이 혈도를 몇 곳 찍자 소스라치게 놀라 잠에서 깨어났다.

초현은 바깥의 동정을 살피면서 상황을 설명했다.

"정신 차리게, 도치. 마을은 지금 온통 살육으로 난장판이 되었네."

"뭐야? 하면 도적 떼라도 쳐들어온 것인가?"

"도적 떼가 아니라… 나를 추적해 온 악도들일세."

대번에 상황의 심각함을 인식한 도치가 눈을 부릅떴다.

"도영이는… 도영이는 어디 있어?"

"걱정 말게. 밖에 있으니까."

"도영아!"

도치는 벽에 걸친 대두도를 집어 들고는 득달같이 마당으로 뛰쳐나갔다. 그는 자신의 눈으로 도영을 확인하고서야 비로소 안도했다.

"이 녀석, 다친 데는 없느냐?"

"난 괜찮아. 한데 초 아저씨가… 무림인이었어?"

"아비도 확실히는 모른다."

도치는 도영을 막아서며 주변을 두리번거렸다. 도영만큼은 지키겠다는 의지가 역력했다.

도영에게 다가선 초현이 침중한 어조로 자책했다.

"너무 오랜 세월 한곳에 머물렀구나. 진작 떠났어야 했는데……."

"초 아저씨를 쫓는 사람들이 누구야?"

"지금은 길게 얘기할 시간이 없구나. 너희 부자가 무사히 탈출하는 것이 중요하다."

초현은 아주 복잡한 상황을 간략하게 설명해 주었다.

"나는 천하삼비문의 하나인 잠밀문의 제자다. 저들이 오랜 세월 나를 추적해 온 이유는 본 문의 절학인 백팔번뇌도 때문이다. 백팔번뇌도는 본 문의 절학이 집약된 최고의 절기인 만큼 절대 악도들 손에 넘어가서는 안 된다. 참, 서책은 태웠지?"

"응, 책은 확실히 태워 버렸어. 한데… 악도들이 대체 누구야?"

"천외마국(天外魔國)의 마인들이다."

도영은 눈을 휘둥그레 떴다.

"천외마국? 그런 나라도 다 있어?"

"나라가 아니라 무서운 마도 집단이다. 어서 피해라. 매월 보름 안휘성 포선산(褒禪山) 승룡천(昇龍泉)에서 너를 기다리겠다."

초현은 도영의 손을 꼭 쥐었다.

"도영, 꼭 살아야 한다!"

그는 도치를 향해 포권을 취해 보였다.

"어서 피하게나, 도치. 저들은 무자비한 살인마들일세."

도치는 원망 어린 눈빛으로 초현을 쏘아보았다.

"당신 같은 사람은 우리 부락에 있어서는 안 되었네. 자네 때문에 부락민 모두가 죽게 되었어!"

"미안하네……."

"명심하게. 자네 때문에 도영이 다친다면… 절대 자네를 용서치 않을 것이네!"

도치는 퉁명스레 내뱉고는 도영을 들쳐 업었다.

이 순간 청마대 마병들이 마당으로 뛰어들었다.

"어서 떠나게!"

대나무 숲을 막아선 초현은 허공을 향해 칼을 그었다. 지극히 단조로운 수법으로 도기조차 번득이지 않았다. 한데 날아들던 마병들 셋이 대번에 동강났다.

그러나 죽음에 무감각한 마병들은 계속해서 초현을 향해 달려들었고, 두 명의 마병이 도치를 쫓아 대나무 숲으로 뛰어들었다.

좌아악!

마병들은 대나무 숲을 쪼개며 빠른 속도로 추격에 나섰다.

마병의 눈에 도영을 업은 채 막 대나무 숲을 나서려는 도치가 보였다.

마병의 칼이 도치의 등을 향해 파고들었다.

쐐애액!

도치는 등 뒤로부터 전해지는 싸늘한 살기에 온몸의 솜털이 곤두섰다. 자신보다는 등에 업혀 있는 도영이 더 위험한 상황임을 직감한 그는 빠르게 몸을 돌렸다.

"이엽!"

힘찬 기합성과 함께 그의 대두도가 비스듬하게 허공을 갈랐다.

쩽그렁!

마병의 칼이 대번에 박살 났고, 대두도는 마병을 어깨서부터 비스듬하게 베어버렸다. 몸통 일부가 동강난 마병은 이해할 수 없는 눈빛을 띠며 풀썩 쓰러졌다.

도영은 도치의 강력한 도법에 절로 탄성을 토했다.

"도부, 대단해!"

그러나 감탄에 젖을 겨를이 없었다. 또 다른 마병이 대나무 숲에서 튀어나온 것이다.

도영은 도치의 어깨를 힘껏 부여잡았다.

"도부, 내 걱정 말고 싸워!"

"알았다!"

도치는 측면으로 파고드는 마병의 칼을 쳐내고는 대두도를 바람개비처럼 휘둘렀다. 특별히 도법을 수련한 것은 아니었지만 타고난 완력과 숙련한 칼춤이 독창적인 패도(覇刀)로 변모된 것이다.

쩽그렁!

칼이 동강난 두 번째 마병은 머리가 쪼개졌다.

단숨에 두 명의 마병을 죽인 도치는 전력을 다해 언덕 위로 뛰어올랐다.

곧이어 혈신삼령 중 채찍을 쥔 혈신편령(血辰鞭令)이 네 명
의 마병을 대동해 대나무 숲을 통과했다. 바닥에 쓰러진 두 마
병을 본 혈신편령의 표정의 심하게 구겨졌다.

"아니, 이게 어떻게 된 거야? 무지렁이 천민 따위가 어떻게
본국의 마병들을 해칠 수 있단 말인가?"

청마대 마병은 천외마국의 가장 하급 무사이지만 강호에서
는 이류급 이상이다. 그런 마병이 둘씩이나 한낱 천민 따위에
게 죽었다는 것은 천외마국에게 있어 엄청난 치욕이 아닐 수
없었다.

혈신편령은 마병들을 대동해 추격에 나섰다.

"따르라!"

도영 부자의 보금자리였던 초옥은 이미 박살 난 상태였다.

차차창!

초현은 혈신삼령 중 둘인 혈신검령(血辰劍令)과 혈신창령(血
辰槍令)을 상대로 접전을 벌이고 중이었다. 바닥에 마병들의
시체가 즐비했지만 아직도 십수 명의 마병이 포위망을 형성하
고 있었다.

두 명의 영주는 앞뒤에서 동시에 초현을 공격했다.

쐐애액!

초현은 속으로 숨을 골랐다.

과거 당한 치명적인 부상 때문에 불구의 몸이 되면서 그의
내공은 급감했고 진기도 오래 유지할 수가 없었다.

‘속전속결을 택할 수밖에.’

정신을 집중한 초현은 칼끝을 허공에 대고 그림을 그렸다.

“비(悲)!”

백팔번뇌의 하나인 슬픔.

순간 지표면에서 무형의 도기가 치솟아오르며 두 영주의 전신을 향해 파고들었다.

“어엇?”

“무형도기(無形刀氣)?”

두 영주는 급히 수비로 전환하며 검과 창을 휘둘렀다.

차차창!

잇단 금속성이 터지며 두 영주가 바닥으로 내려섰다. 겨우 치명상을 피했지만 그들은 몸 여러 곳이 베어지는 부상을 피할 수 없었다.

이때 지표가 검게 타들어가면서 마상이 유령처럼 장내에 내려섰다.

“무형도기는 잠밀문의 독문 절기이지.”

마상의 몸에서 뿜어지는 음습한 마기에 초현은 절로 숨이 막혔다.

‘마국의 수뇌급이군!’

마상은 마른 모래처럼 건조한 어조로 내뱉었다.

“조자양, 네놈의 용모가 너무 흉측하게 변모해 내가 못 알아볼 뻔했구나.”

“……?”

"크흣, 내가 누구인지 벌써 잊은 것이냐?"

마상을 직시하던 초현의 눈에서 원독 어린 눈빛이 뿜어져 나왔다.

"사무진(史武쯤), 이 더러운 배신자!"

"이놈, 하늘 같은 사숙에게 무슨 망발이냐?"

"사무진! 사문의 맹세를 어기고 악과 내통했으니 잠밀의 선대께서 네놈을 용서치 않을 것이다!"

"조자양, 세상의 흐름에 따르는 것이 순리다. 내가 먼저 순종치 않았다면 어떻게 천외마국의 청목마상(靑木魔相)이 되었겠느냐?"

오행마상의 일인인 청목마상은 마국의 최고 수뇌인 삼공오상(三公五相)에 해당되는 초고수다.

청목마상은 깡마른 손을 내밀었다.

"조자양, 백팔번뇌도를 건네라. 옛정을 생각해 편안한 죽음을 맞게 해주겠다."

극도의 감정을 자제한 초현이 칼을 곧추세웠다.

"반도! 백팔번뇌도를 원한다면 내 머리를 가져가라!"

허공으로 솟구치며 초현은 칼을 붓 삼아 허공에다 그림을 그렸다.

"곡(哭)!"

백팔번뇌의 하나인 통곡.

가슴속 한이 통곡으로 표출되듯 파공성이 처절한 통곡처럼 들려왔다. 동시에 무형 도기가 지표면에서 연이어 치솟아올렸다.

"어림없다!"

백팔번뇌비기를 대번에 간파한 청목마상은 허리춤에서 검을 뽑아 들었다.

푸른빛이 감도는 목검.

무쇠보다 단단하다는 을청목(乙靑木)으로 제작된 검이기에 웬만한 병기를 파괴하는 신병에 해당된다.

"차앗!"

청목마상은 기합을 발하며 검강을 발출했다.

은은한 우렛소리와 함께 시퍼런 검강이 동심원을 그리며 급속하게 확산되었다.

콰― 콰쾅!

엄청난 폭음이 터지며 지표가 파도처럼 출렁거렸다. 지반 일부가 내려앉았고 사나운 폭풍이 스쳐 간 듯 주변 오 장 이내가 온통 파헤쳐졌다.

"으음……!"

강력한 반탄력에 멀리 튕겨진 초현은 겨우 신형을 멈춰 세우고 가슴을 움켜쥐었다. 검강의 반탄력에 의한 내상이 가볍지 않았다.

'반도가 천외마국의 절기까지 터득했구나!'

도영 부자가 충분히 멀어졌다는 판단을 내린 그는 화염이 치솟는 부락 쪽으로 몸을 날렸다. 도영 부자의 안전을 위해 최대한 배려한 행동이었다.

혈신검령이 추격에 나서며 외쳤다.

"저지하라!"

마병들이 횡렬로 들어서며 초현을 막아섰다.

초현은 한줄기 진기를 운집해 무형도기를 발출했다.

"노(怒)!"

마병들은 채 도기를 느끼기도 전에 쪼개졌고, 초현을 가까스로 포위망을 돌파했다.

청목마상는 무형도기를 격파하면서 약간의 내상을 당해 곧바로 추격에 나서지 못하고 있었다.

"마상님, 괜찮으십니까?"

혈신창령이 조심스럽게 묻자 청목마상은 신경질적으로 소매를 떨쳤다.

"추격하라! 놈을 놓쳐서는 안 된다!"

허공을 가로지는 청목마상의 눈에 야욕의 눈빛이 번들거렸다.

'국왕께 백팔번뇌도를 상납한다면 나도 삼공(三公)의 반열에 오를 수 있다!'

한편 도치를 업고 부락 경계에 오른 도치는 넝쿨을 타고 가파른 벼랑을 내려섰다.

능선을 넘어선 도치는 덤불을 헤치며 숨 한 번 돌리지 않고 달렸다. 만일 그 혼자였다면 부락에 남아 도살자들과 격전을 벌였을 것이다. 본래 그는 죽음이 두려워 도주할 비열한 사람이 아니었다.

　그러나 도영을 위해서라도 살아야 했다.

　그것이 신비의 여인 화우와의 약속이었기에.

　뒤쪽으로 연이어 폭음과 외침이 들려왔다.

　"샅샅이 수색해라!"

　도치는 입안이 바싹바싹 말라왔다.

　'도영을 지켜야 한다!'

　이때 어둠 속에서 세찬 물소리가 들려왔다.

　콰류류!

　드센 급류가 계곡을 따라 흐르고 있었다. 아마도 수서호로 이르는 지류인 듯싶었다.

　계수(溪水)의 폭이 오 장이나 되기에 건너뛰기는 불가능했다. 그렇다고 함부로 계수로 뛰어들었다가는 세찬 물살에 휩쓸려 물귀신이 되기가 십상이었다.

　도치는 계수변을 따라 달리면서 건널 곳을 찾으려 했지만 좀처럼 계곡의 폭이 줄어들지 않았다.

　마음이 초조해진 도치는 중대한 결단을 내렸다. 등에 업힌 도영을 내린 도치는 빠르게 말했다.

　"잘 들어라, 도영아. 지금은 상황이 위급하지만 어쩌면 네 운명을 바꿀 기회이기도 하다. 넌 결코 천민의 자식으로 살아서는 안 될 아이다."

　"지금 무슨 소리를 하는 거야, 도부?"

　"이제 네 엄마에 대해 말해주겠다."

“엄마라고?”

“십오 년 전 우연히 집 뒤의 대나무 숲에서 네 엄마를 만나게 되었다. 네 엄마의 이름은 화우다.”

마침내 듣게 된 출생의 내력.

도영은 생모의 이름을 나직이 되뇌었다.

“화우… 그게 엄마의 이름이야?”

“아마 본명은 아닐 것이다. 네 엄마가 어떤 신분인지는 아직도 알지 못한다. 하지만 나 같은 천민은 상상도 못할 귀한 신분임이 분명하다.”

“도부가 어때서? 도부는 모두가 인정하는 대망나니…….”

“듣기만 해!”

도치는 계수 상류 쪽으로 귀를 기울였다.

나무며 바위가 박살 나는 폭음이 간헐적으로 들려왔다.

“놈들은 무자비한 악도들이라 쥐구멍을 뒤져서라도 우리를 찾아내려 할 것이다.”

도치의 눈에 깊은 회한이 깃들었다.

“네 엄마가 차려준 따뜻한 식사가 눈물 나도록 감격스러웠다. 그리고 나 같은 무지렁이의 발을 씻겨준 네 엄마의 고운 손길은… 죽어도 잊지 못할 것이다.”

도치는 옷의 안감을 찢어 하나의 패찰을 꺼내 들었다.

반으로 쪼개진 둥근 옥패.

앞에는 봉황이 양각돼 있고 뒤에는 하나의 글자가 새겨져 있었다.

“이 글자를 읽을 수 있겠느냐?”

“화(花)로군. 이게 뭔데?”

“네 엄마가 남긴 유일한 신물이다.”

도치는 도영의 목에 옥패를 걸어주고는 단단히 주지시켰다.

“네 엄마를 찾을 수 있는 유일한 신물이니 절대 잃어버려서는 안 된다.”

“나를 버린 엄마를 왜 찾아야 하는데?”

“너를 버린 게 아니야!”

도치는 엄한 표정으로 화우를 비호했다.

“네 엄마는 내게 너를 맡긴 거다. 너를 데려가지 못할 절박한 사연이 있었기 때문이지, 그것이 무엇인지 몰라도. 천민 부락에 너를 남긴 이유는 아마도 너를 보호하기 위함이었을 것이다. 만일 너를 버릴 생각이었다면 자신의 신물을 네게 남겼겠느냐?”

“그래, 이해하려고 노력해 볼게.”

“도영아, 반드시 네 엄마를 찾아야 한다.”

도치는 격한 감정을 가라앉히기 위해 숨을 몰아쉬었다.

“사실 몇 번이고 너와 함께 부락을 탈출할 생각도 했었다. 하지만 네 엄마가 찾아올 수도 있다는 생각에 차마 부락을 떠날 수가 없었다.”

도치는 계곡 건너편을 가리켰다.

“아비가 너를 업고 건널 수는 없지만 너를 던져 줄 수는 있다.”

도영은 도치의 옷깃을 부여잡았다.

"나 혼자 가라고?"

"일단 피신해 있으라는 거다. 아비는 악도들을 따돌려야겠다."

도치는 결연히 말하고는 도영을 뜨겁게 포옹했다.

"네 엄마를 꼭 찾아라. 네 아버지도……."

도영은 도치의 어깨를 힘껏 안았다.

"그런 소리 마! 내 아버지는 도부밖에 없어!"

도치의 가슴이 뭉클해졌다.

도영을 친자식처럼 여겼지만 피 한 방울 섞이지 않은 사이라 가슴에 항상 아쉬움으로 남았다. 하지만 도영의 한마디에 그는 그 아쉬움을 떨쳐 낼 수 있었다.

"내 아버지는 도부밖에 없어!"

그 한마디에 도치는 홀아비로 도영을 키워온 지난 세월을 모두 보상받은 심정이었다.

"오냐, 도영아! 누가 뭐래도 너는 이 도치의 아들이다!"

도치는 도영의 볼에 뺨을 비비며 어쩌면 마지막일 수 있는 영원한 작별을 고했다.

"자, 어서 가라! 무조건 양주를 벗어나야 한다!"

도영을 번쩍 쳐든 도치는 애써 웃음을 지었다.

"포선산 승룡천에서 만나자!"

　도치는 계곡 건너편을 향해 도영을 던졌다.

　허공을 허우적거리던 도영은 바닥에 떨어지자 손에 잡히는 대로 쥐었다. 다행히 억새가 펼쳐져 있어 약간의 생채기만 입은 정도로 계곡 건너편에 이를 수 있었다.

　억새 속에 몸을 숨긴 도영은 계곡 건너편으로 고개를 돌렸다.

　어슴푸레한 달빛을 통해 도치가 손을 흔들고 있는 모습이 보였다. 거리가 멀어 분명치 않지만 울고 있는 것으로 생각되었다.

　도영의 가슴에 뜨거운 무언가가 치밀어 올랐다.

　'도부……!'

　도치는 계곡을 따라 하류 쪽으로 달려갔다.

　잠시 후 마병들을 대동한 혈신편영이 모습을 드러냈다. 혈신편영은 채찍을 휘둘러 은폐물이 될 만한 것들은 보이는 족족 박살 냈다.

　얼마나 강력한 채찍인지 아름드리나무가 휘감기면 뿌리째 뽑혔고, 바위덩이도 자갈처럼 으스러졌다.

　도영으로서는 오 장 폭의 계곡을 사이에 두고 이를 지켜볼 수밖에 없었다.

　이때 계곡 하류 쪽에서 처절한 비명 소리가 울려 퍼졌다.

　"아아악!"

　도영은 가슴이 철렁 내려앉았다.

　'도부……?'

이어 요란한 금속성이 꼬리를 물었다.

도영은 궁금함을 참을 수 없어 계곡 가장자리를 따라 조심스럽게 이동했다. 다행히 그가 내려선 계곡 건너편은 억새와 덤불이 우거져 있어 몸을 숨기는 데는 문제가 없었다.

차— 창창!

도치는 세 명의 마병을 상대로 격전을 벌이고 있었다.

잠시 전 들려온 비명 소리는 도치의 기습에 죽은 마병의 비명이었던 것이다.

도치는 삼 대 일의 대결을 펼치면서도 전혀 밀리지 않았다. 상대가 수준급 내공을 지닌 마인들임을 감안한다면 실로 경이로운 투혼이었다.

"죽어라, 악귀!"

도치는 장작을 쪼개듯 대두도를 내려쳤다.

쨍그렁!

이를 막던 마병의 칼이 동강나면서 마병까지 쪼개지고 말았다. 그러나 두 마병의 칼이 파고들면서 도치의 허벅지와 옆구리에 깊숙이 박혔다.

"크으윽!"

심각한 부상을 당한 도치는 비틀거리며 뒷걸음을 쳤다.

싸움을 지켜보던 혈신편령이 인상을 찡그리며 앞으로 나섰다.

"물러서라!"

혈신편령은 말아 쥔 채찍으로 손바닥으로 탁탁 쳤다.

“천민 부락에 너 같은 고수가 있었단 말이냐?”

도치는 혈신편령을 향해 대두도를 겨누었다.

“잔악한 놈들! 왜 무고한 부락민들을 죽인 것이냐?”

“버러지 주제에 무엇을 알려 하느냐?”

혈신편령은 채찍을 날렸다.

휘리릭!

독사의 혓바닥처럼 발출된 채찍이 도치의 목을 휘감아왔다.

도치는 힘찬 기합을 외치며 대두도를 휘둘렀다.

그러나 그의 완력이 아무리 드세도 천 근 거석을 박살 낼 강력한 내공이 실린 채찍과 맞서기에는 무리였다.

대두도를 밀어낸 채찍은 도치의 가슴을 강타했다.

퍼억!

옷이 찢기며 피와 살점이 튀었다.

“크윽……!”

단 일격에 가슴뼈가 상했는지 도치는 숨조차 제대로 쉴 수가 없었다.

이를 지켜보고 있는 도영은 가슴에서 뜨거운 울화가 치밀어 올랐다. 도치에게 아무런 도움도 줄 수 없는 한스런 무력함에 절로 눈물이 솟았다.

혈신편령은 도치가 자신의 채찍을 맞고도 쓰러지지 않자 혀를 내둘렀다.

“네놈이 무슨 동신철골이라도 된단 말이냐?”

그는 몸을 빙글 틀면서 채찍을 휘둘렀다.

쐐애액!

붉은 채찍이 사신의 손톱인 양 날아들었다.

도치는 이미 죽음을 각오했기에 동귀어진도 불사했다.

"이야아!"

혈신편령을 향해 달려든 도치는 채찍을 무시한 채 대두도를 내리찍었다.

"어엇?"

깜짝 놀란 혈신편령은 진기를 주입해 더 빨리 채찍을 휘둘렀다.

퍼엉!

채찍에 적중된 도치는 뒤로 튕겨지면서 계수를 향해 추락했다. 최후까지 대두도를 움켜쥔 그는 드센 급류 속으로 빠져들었다.

첨벙!

도치를 삼킨 계수는 허연 물거품을 머리에 인 채 구불구불한 계곡을 따라 흘러내려 갔다.

"크으윽!"

얼굴 한쪽을 감싸 쥔 혈신편령의 손가락 사이로 피가 흘러내렸다. 도치의 대두도가 스치면서 눈알이 상하고 안면 깊숙이 지울 수 없는 상처를 입은 것이다.

혈신편령은 계수를 내려다보며 이를 갈았다.

"독종 새끼! 토막을 내서 죽였어야 했는데……!"

그는 주변을 쓸어보며 내뱉었다.

“달리 도주한 무지렁이는 없는 것이냐?”

“예, 영주!”

“돌아가자!”

혈신편령은 마병 둘을 대동해 부락 경계로 이동했다.

콰류류……!

무심하게 흐르는 계수로 뜨거운 눈물이 더해진다.

도영은 계수를 내려다보며 통한의 눈물을 뿌리고 있었다.

“도부……!”

마음 같아서는 계수로 뛰어내려 도치의 시신이라도 거두고 싶었다. 그러나 그것은 바람일 뿐 허무한 죽음일 뿐이다.

벼랑 가에 털썩 무릎을 꿇은 도영은 터져 나오는 통곡을 억누르며 오열을 터뜨렸다.

“도부, 죽지 않은 거지? 죽지 않았다고 대답해!”

도영은 머리카락을 쥐어뜯었다.

자신의 눈으로 도치의 죽음을 목격했기에 가슴이 찢기는 것만 같았다. 오로지 자신을 구하겠다는 일념으로 선택한 죽음이기에 더욱 처절했다. 그것을 지켜보고만 있어야 했으니 참담한 심정은 오죽하겠는가.

그러나 그는 애써 도치의 죽음을 부인했다.

“도부는 죽지 않았어! 이렇게 죽을 도부가 아니야!”

극한의 상심에서 벗어난 도영을 눈물을 닦았다.

“그래, 도부는 약속을 지킬 거야. 날 지켜줄 거라는 약속을 지킬 사람이라고!”

도영은 오래도록 계수를 내려다보다가 몸을 일으켰다.

"일단 양주를 벗어나 포선산 승룡천에서 기다리자. 그래서 도부도 만나고 초 아저씨도 만나는 거야. 우리는 반드시 만날 거야. 그것이 우리의 운명이니까!"

그는 스스로를 향해 강하게 주문을 걸고는 몸을 돌렸다.

경사면을 따라 올라선 도영은 계수를 내려다보면서 결연히 소리쳤다.

"도부, 승룡천에서 기다릴게!"

천민 부락 수서촌의 참화!

양주를 발칵 뒤덮은 대사건은 녹림 도적의 소행으로 간주되었고, 수서촌은 폐쇄되었다. 부락 전체가 화염에 휩싸여 잿더미만 남은 바람에 죽은 자들의 신원조차 확인할 수 없었다.

형정사에서는 부락민 아흔한 명 모두가 몰살한 것으로 보고서를 올려 사건을 마무리 지었다.

그러나 부락민 모두가 몰살한 것은 아니었다.

도영이 탈출했고 초현과 도치의 시체는 보이지 않았다. 그리고 또 한 명.

웅삼 역시 참화 속에서 천민 부락을 탈출한 것이다.

第七章
네 이름은 여명(黎明)

열다섯 살 소년의 걸음으로 천삼백여 리는 결코 쉬운 길이 아니다. 더군다나 행여 있을 관병들의 추격과 검문을 의식해 험준한 산길로만 다녔기에 그의 행보는 고난의 연속이었다.

도영은 난생처음 양주를 벗어나 세상 밖으로 나왔지만 천민의 신분으로 부락을 탈출했기에 죄인의 심정이었다. 번화한 성시에는 감히 내려가지 못했고, 사람들의 통행이 빈번한 관도는 한 번도 밟지 않았다.

다행히 계절적으로 춥지 않은 여름이라 좁은 토굴만 있어도 잠을 잘 수 있었다. 뱀과 개구리, 산열매는 그의 허기를 채워주기에 충분했다.

도영은 밤하늘의 달을 보고 자신이 부락을 떠나온 지 한 달이나 지났음을 헤아릴 수 있었다.

안휘성 북부 곽산.

도영은 충분히 멀리 피신했다는 생각에 모처럼 여유를 갖고 휴식을 취할 수 있었다.

계곡물로 땀을 식힌 도영은 바위에 걸터앉아 생각에 잠겼다.

아직도 도치가 채찍에 맞아 계수로 추락하는 장면이 눈에 선했다. 하지만 당시의 충격과 상심에서 벗어나면서 그는 의도적으로 도치의 생존을 확신했다. 그렇게라도 하지 않으면 도치의 운명이 너무도 참담하기 때문이다.

그의 생각이 곱사등의 초현으로 옮겨졌다.

천민 부락의 참화가 초현 때문에 비롯됐지만 그를 원망하고 싶지는 않았다. 원망의 대상은 부락을 잿더미로 만든 악의 집단 천외마국이었다.

도영은 초현과의 약조를 되새겨 보았다.

안휘성 포선산 승룡천.

그가 정신없이 도주하는 와중에도 굳이 안휘성으로 넘어온 것도 초현과의 약조를 감안해서다. 지극히 희망적으로 생각하면 도치와의 재회도 기대할 수 있다.

도영은 손으로 날짜를 꼽아보았다.

"매월 보름이라 했지? 이달 보름은 이미 지났으니 다음달 보름이면 만날 수 있을 거야."

문득 그는 목에 걸려 있는 옥패를 꺼내어 살폈다.

반으로 쪼개진 옥패이지만 봉황 문장과 화(花)라는 글자는 분명하게 알아볼 수 있었다. 하지만 그것이 전부였으며 옥패 어디에도 내력을 유추할 만한 글자나 표식이 없었다.

"생모의 이름이 화우… 엄마는 나를 천민 부락에서 낳고 도부에게 맡겼다…….”

워낙 급박한 상황이었기에 도부로부터 상세한 얘기를 듣지 못한 것이 안타까웠다.

"엄마가 무슨 사정 때문에 나를 잠시 맡길 수는 있었겠지. 한데 십오 년이 넘도록 한 번도 찾아오지 않았다는 것을 과연 어떻게 생각해야 할까?”

좋게 생각하면 자신을 찾아올 수 있는 딱한 처지라고 자위할 수 있으며, 나쁘게 생각하면 자신을 아예 잊었거나 버렸다고 할 수 있었다.

도영은 자신의 과거 내력에 대해 깊이 빠져들자 머리가 지끈지끈 아팠다. 아는 것보다 모르는 것이 더 많았기에 모든 것이 혼란스럽기만 했다.

"아, 이제 그만 생각하자.”

도영은 차가운 계곡물에 다시 얼굴을 씻고는 고개를 흔들었다.

지금은 자신의 내력보다 현실에 대해 심각하게 고민해야 할 때였다. 초현이 탈출하지 못했고 도치마저 회생하지 못한다면 그는 세상에 아는 사람 하나 없는 천애고아와 다름없는 몸이 된다.

이제 어떻게 살아갈 것인가.

문득 백팔번뇌도를 떠올린 그는 헝클어진 실타래 속에서 끄트머리를 찾아낸 듯 머릿속이 환해졌다.

"그래, 내게 아무것도 없는 것이 아니야. 초 아저씨는 백팔번뇌도에 잠밀문의 절학이 담겨 있다고 했어. 그것이 내게 힘이 돼줄 수 있을 거다."

허공을 향해 휘두른 죽장에 의해 바닥에 절로 새겨진 백팔번뇌도.

도영은 그 신비로움을 되새기자 어느 정도 안정이 되었다.

"초 아저씨 말대로라면 백팔번뇌도를 통해 나는 얼마든지 강해질 수 있다."

강해져야 하는 것은 필수였다.

세상을 지배할 대부호가 되든, 수만 병사를 호령할 장군이 되든, 아니면 풍문으로만 들었던 강호의 절세고수가 되든 강해져야 했다.

그만한 신분에 오르면 천민 부락으로 돌아가 참화의 원인을 밝혀내고 도치와 초현의 생사를 알아낼 수 있지 않겠는가.

"해답은 포선산 용승천에 있어. 설사 못 만난다 해도 영원히 못 만나는 것은 아니야. 다만 늦어질 뿐이지."

그렇게 자위한 도영은 마음을 정하고 몸을 일으켰다.

2

땅! 땅……!

쇠를 두드리는 망치질 소리가 산사 면을 타고 메아리쳐 울리고 있었다.

산자락을 따라 이동하고 있던 도영은 망치질 소리에 문득 걸음을 멈추었다.

"제법 깊은 산중인데 대장간이 있는 건가?"

잠시 생각을 굴리던 도영은 망치질 소리가 들려오는 수림 쪽으로 발길을 돌렸다.

덤불을 헤집고 들어서자 허름한 대장간이 보였다.

산중의 대장간이라도 광석과 장작더미를 쌓아놓은 창고와 작업실, 그리고 개인 처소 등이 두루 갖춰져 있었다.

치익……!

대장장이는 달군 쇠를 순간적으로 물에 담가 식혔다가는 재차 담금질을 했다.

대장장이는 한쪽 눈에 검은 안대를 댄 애꾸로 얼굴에는 세월의 흔적이 역력한 깊은 주름살이 새겨져 있었다. 몸은 깡말랐지만 망치를 쥔 팔뚝에서 강건함이 엿보였다.

한참 담금질을 하던 대장장이는 잠시 일손을 멈추고 흐르던 땀을 닦았다.

문득 인기척을 느꼈는지 대장장이는 작업실 입구로 시선을 돌렸다.

다소 어색한 표정으로 서 있는 소년은 다름 아닌 도영이었다. 도영은 비교적 당당한 어조로 물었다.

“노인장, 일손이 필요치 않소?”

“……!”

대장장이는 물끄러미 도영을 바라보았다. 노인답지 않게 눈빛이 맑았지만 매부리코며 번득이는 외눈이 호감 어린 인상과는 거리가 멀었다.

대장장이는 화덕에 장작을 던져 넣고는 풀무질을 했다.

“어린 녀석이 말투가 돼먹지 못했구나!”

카랑카랑한 음성이 쇳소리처럼 날카로웠다.

도영은 설사 대장간에서 일하지 못해도 상관없기에 퉁명스레 응수했다.

“원래 배운 바가 없어 그렇소.”

“오냐. 그건 그렇고……”

대장장이는 도영의 말투에 대한 시비를 일축하고는 재차 훑어보았다.

“어린 녀석이니 쇳물은 뽑을 줄 모르겠고… 그래, 불은 다룰 줄 아느냐?”

“모르오.”

“하면 망치질은 할 줄 아느냐?”

“모르오.”

“크훗, 아무것도 할 줄 모르는 놈이 노부의 대장간에서 일을 하겠다고?”

대장장이의 비웃음에 도영은 낯이 뜨거웠지만 갓 제작된 연장을 살피고는 자신있게 대꾸했다.

"그래도 연장에 날을 세울 줄은 아오."

"흐음, 숫돌질을 할 줄 안다고?"

"생각보다 잘할 수 있소."

"크훗, 그럼 어디 솜씨를 볼까?"

대장장이는 선반 서랍을 열고는 녹슨 쇳덩이를 하나 끄집어 냈다. 길쭉한 쇳덩이는 아직 손잡이가 갖춰져 있지 않았지만 외형상 칼로 보였다.

도영은 의아함에 고개를 갸웃했다.

'저런 녹슨 쇳덩이를 왜 소중하게 보관하고 있는 거지?

대장장이는 의미심장한 미소를 띠며 칼을 어루만지다가 도영에게 건네주었다.

"갈아보아라."

"알겠소."

도영은 칼을 집어 들고는 숫돌들이 포개져 있는 구석으로 향했다.

숫돌을 하나 집어 든 도영은 칼에 물을 묻히고는 천천히 갈기 시작했다. 한데 칼에 서린 시뻘건 녹물만 흘러나올 뿐 칼은 전혀 갈아지지 않았다.

'이게 어떻게 된 거지?

도영은 밋밋한 칼날을 매만지고는 다시 숫돌에 칼을 갈았다. 한참을 갈았지만 마찬가지였다.

땅! 땅……!

대장장이는 달궈진 쇠를 두드려 낫과 호미 등의 연장들을 생산해 냈다. 순식간에 스무 개의 낫과 호미를 생산한 대장장이가 물을 한 사발 들이켰다.

그는 녹슨 칼을 쥐고 멀뚱하게 앉아 있는 도영을 힐끗 보고는 조소를 흘렸다.

"크훗, 숫돌질에는 자신있다는 녀석이 그래 여태 칼 한 자루를 벼르지 못한 것이냐?"

도영은 대장장의 조롱에 몹시 자존심이 상했지만 당당하게 자신을 비호했다.

"내 잘못이 아니라 숫돌의 문제요. 이 칼이 어떤 쇠로 제작됐는지 몰라도 일반 숫돌로는 이 칼에 날을 세울 수가 없소."

"숫돌의 문제라고?"

"확실하오."

도영의 자기 비호는 결코 구차한 변명이 아니었다.

어릴 적부터 무수한 칼과 도구를 갈아온 그였기에 누구보다 숫돌의 중요성을 잘 알고 있었다.

훌륭한 병기라도 숫돌을 잘못 만나면 이 빠진 고물이 되고 평범한 장검도 좋은 숫돌을 만나면 금옥을 자르는 명검이 될 수 있음을 익히 보아왔던 것이다.

도영이 숫돌을 문제 삼자 대장장이는 갓 제작한 낫과 호미를 던져 주었다.

"하면 이것을 갈아보아라."

도영은 어렵지 않게 낫과 호미에 칼을 세워 제대로 된 연장을 만들어냈다.

대장장이는 굳은살이 벤 손으로 낫을 날을 훑고는 트집을 잡았다.

"인석아, 이렇게 무딘 낫으로 잡초나 제대로 벨 수 있겠느냐?"

"벼를 베기에는 충분하오. 자칫 손을 베도 손가락이 잘리는 일은 없을 거요."

"……?"

대장장이는 도영과 낫의 날을 번갈아 보고는 고개를 끄덕였다.

"네 이름이 무엇이냐?"

"도영이라 하오."

"나는 궁사철(宮嗣鐵)이라 한다. 앞으로 나를 주인으로 불러라."

궁사철이 헛기침을 하며 돌아서자 도영이 덤덤한 어조로 응수했다.

"알겠소, 궁로(宮老)."

"허어, 이 녀석이!"

정색하며 돌아선 궁사철은 도영의 의연한 눈빛을 접하자 실소를 흘렸다.

"오냐. 네 편한 대로 부르거라."

"그리고 보수는 필요없지만 매달 보름 전후로 사흘만 쉬게 해주시오."

"그게 요구 조건이냐?"

“그렇소.”

“보름 전후로 가야 할 곳이 있는 것이냐?”

“그건 묻지 마시오.”

“오냐. 하면 노부도 조건을 달겠다. 노부가 갑자기 어디를 가든 묻지 마라. 귀찮게 캐물으면 너를 쫓아낼 것이다. 알겠느냐?”

“좋소. 궁로와는 왠지 잘 지낼 수 있을 것 같소.”

도영이 호의적인 미소를 띠자 궁사철이 짐짓 표정을 굳혔다.

“그건 네 생각이다, 인석아!”

대장간의 일과는 고되었다.

새벽부터 일어나 장작을 패야 했고, 용로에 광석을 녹여 쇳물을 받아내야 했으며, 궁사철이 생산해 내는 연장과 병기를 갈아 날을 세워야 했다.

뿐만 아니라 매 끼 식사까지 책임져야 했기에 도영은 편하게 등을 기댈 새가 없었다.

도영은 이런 고된 일과를 묵묵히 견뎌냈다.

그의 간절한 바람은 보름날 포선산 승룡천에서 이루어질 도치와의 재회였다. 도치가 엄중한 부상을 당해 급류에 휩쓸렸지만 그는 도치의 죽음을 조금치도 인정하고 싶지 않았다.

도치는 살아 있다!

그것은 막연한 바람이 아니라 그의 확신이기도 했다. 더불어 그는 잠밀문의 후예인 초현과의 만남도 가슴에 담았다.

이런 바람을 품고 있기에 그는 돌아오는 보름날만 손꼽고 있었다.

대장간 생활이 몸은 고되어도 마음은 편했다.

성시와 멀리 동떨어져 있기에 사람들과 접촉할 일이 없었다. 난생처음 부락을 벗어난 도영으로서는 천민 부락 출신이라는 점이 아직 멍에처럼 부담이 되는 것이다.

다행히 웬만한 생필품은 연장과 병기를 수거하러 오는 철기점 상인이 가져다주기에 성시에 내려갈 일도 없었다.

이런 연유로 궁사철의 대장간 비교적 만족스러웠다.

다각다각……!

한 대의 마차가 산길을 따라 대장간 앞에 이르렀다. 철물을 싣고 갈 철기점 상인 장(張) 대인의 마차였다.

마차 짐칸에 실린 생필품을 내리고 연장을 가득 실은 장 대인은 스무날 넘게 대장간에서 잘 지내고 있는 도영을 보고는 너스레를 떨었다.

"허허, 대단하구나. 아직 궁가의 대장간에서 열흘을 넘긴 일꾼이 없었는데 말이다."

장 대인이 마차를 몰아 떠나가자 도영은 궁사철이 며칠 정도 먹을 요리를 준비해 놓고는 외출을 요청했다.

"사흘 안에 돌아오겠소."

궁사철은 떨떠름한 표정을 띠며 쇠를 두드렸다.

"인석아, 주문이 밀려 한창 바쁜데 꼭 사흘씩이나 비워야겠느냐?"

“애초에 약속하지 않았소?”

“오냐. 돌아오든 말든 네 마음대로 하거라.”

도영은 궁사철의 퉁명스런 대꾸를 귓등으로 흘리고는 대장간을 나섰다.

도영이 수림 사이로 사라지자 궁사철은 쇠를 두드리던 망치를 내렸다.

“고 녀석, 어린 나이에도 꽤나 심지가 굳어. 대체 무슨 사연을 가슴에 담고 있는 것일까?”

그는 도영의 뒤를 쫓아 어디를 찾아가는지 확인하고 싶었지만 자존심을 생각해 꾹 참았다.

“상관하지 말자. 다음 회합에서 수치를 만회해야 할 상황에 남의 일까지 신경 쓸 것 없지.”

3

포선산(褒禪山).

안휘성 함산현 동쪽에 위치한 이 산은 과거 화산으로 불리었다. 그러다 당대의 고승 혜포 선사(慧褒禪師)가 이곳에서 지내다가 열반에 들었기에 그를 기리어 포선산으로 개명된 것이다.

포선산은 숲이 우거지고 물이 풍부해 곳곳에 맑은 샘물이 솟고 있다. 하여 황산에는 봉우리가 삼백육십 개가 있고 포선산에는 샘물이 삼백육십 개가 있다는 말까지 전해진다.

샘물마다 전설이 서려 있는데, 포선산 중턱에 자리한 승룡

천은 그 옛날 이무기가 이 샘물을 마시고 승천했다 하여 승룡
천으로 불리게 된 것이다.

궁사철의 대장간에서 포선산까지는 이백여 리 남짓.

도영은 하룻밤을 꼬박 달려 보름날 새벽에 포선산 승룡천에
이를 수 있었다.

시원한 샘물로 갈증을 씻은 도영은 하늘을 올려다보았다.

어느덧 여명이 밝아오면서 달은 희미해지고 있었다.

"약속 날짜가 보름은 확실한데 시각을 정하지 않았으니 새
벽부터 기다릴 수밖에."

도영은 승룡천이 내려다보이는 나무 그늘 아래에 앉아 설렘
과 초조함을 가슴에 담고 기다렸다.

도부는 죽지 않았어. 분명 살아서 승룡천으로 올 거야. 초현
아저씨는 어찌 됐을까. 천외마국의 악도들 손에서 무사히 탈
출했을까.

머릿속에서 상념이 끝도 없이 이어졌다.

모처럼 혼자만의 시간을 갖게 되자 천민 부락에서의 삶이
주마등처럼 뇌리를 스치고 지나갔다. 결코 행복하다 할 수 없
는 나날이었지만 그래도 끔찍이도 자신을 아껴준 도치를 되새
기자 가슴이 뭉클해졌다.

문득 모친의 신물을 떠올린 도영은 목에 걸린 목걸이를 끄
집어 보았다.

목걸이의 옥패는 세로로 쪼개졌지만 새겨진 글자가 화(花)
임을 어렵지 않게 짐작할 수 있었다.

앞면에는 봉황이 새겨져 있는데 그것이 전부였다. 옥패에 다른 문양이나 글자가 새겨져 있지 않았기에 목걸이를 통해서는 생모의 내력에 조금도 추정할 수가 없었다.

"엄마의 이름이 화우……. 도부의 말로는 고귀한 신분이라 했는데 어떻게 밑바닥 세상인 천민 부락까지 찾아온 것일까? 대체 무슨 연유로 나를 천민 부락에 남겼을까?"

사람이되 사람 취급을 받지 못하는 천민.

어떤 사연인지 몰라도 넓디넓은 세상에서 하필 자신을 천민 부락에 맡긴 채 십수 년 동안 찾아오지 않았다는 사실에 의혹보다는 원망이 앞서는 것이 당연했다.

도영은 목걸이를 다시 목에 걸고는 승룡천으로 시선을 고정시켰다.

가을 햇살이 쏟아지는 낮이 지나고 어둠이 찾아들었다.

동녘 하늘로 휘영청 보름달이 솟아오르면서 태양을 대신해 대지를 밝혔다.

보름날의 약조.

하지만 달을 정한 것이 아니기에 반드시 이번 달 보름이 만남의 시간이라고 규정할 수는 없었다.

만월이 중천을 넘어가면서 도영의 부푼 바람은 급속하게 가라앉았다. 이어 보름달이 새벽하늘로 스러지자 도영은 지그시 이를 깨물며 일어섰다.

"다음 보름에는 꼭 만나게 될 거야!"

4

세 번째 보름도 실망 속에 지나갔다.

세찬 북풍에 얼어붙은 샘물을 깨면서 기다렸지만 도치와 초현 누구도 나타나지 않았다.

도영의 가슴에 짙은 그늘이 드리어졌다.

도부는 정말 죽을 것일까. 초 아저씨 역시 천외마국 악도들에게 추살된 것일까. 정녕 이대로 난 홀로 세상을 살아가야 하는 것인가.

도치의 생존을 확신하던 도영의 의지가 서서히 허물어지고 말았다.

도영이 사흘 만에 대장간으로 돌아오자 한창 장작을 패던 궁사철이 혀를 차며 나무랐다.

"사내 녀석이 그 꼴이 뭐냐? 마치 세상 다 산 사람처럼 넋이 빠졌구나!"

도영은 아무런 대꾸 없이 장작더미 위에 걸터앉았다.

궁사철이 참다못해 물었다.

"도영, 대체 무슨 일이냐? 매달 보름마다 누구를 만나러 출타하는 것이냐?"

묵묵히 앉아 있다가 겨우 감정을 추스른 도영은 대장간 안으로 들어갔다. 그는 철물을 한 궤짝 안고 숫돌 앞에 앉았다.

궁사철이 옆으로 서며 다시 채근했다.

“인석아, 자초지종은 몰라도 좋으니 대략이라도 얘기해 보
려무나. 혹시 아냐? 그나마 세상을 오래 산 노부가 네게 도움
이 될지?”
도영은 숫돌에 물을 뿌리고는 호미 날을 갈기 시작했다.
“서로 묻지 않기로 약조하지 않았소?”
“그렇기는 했다만…….”
말끝을 흘린 궁사철은 신경질적으로 내뱉었다.
“알겠다, 인석아. 보름마다 누구를 만나는지, 누구 무덤을
파는지 전혀 궁금하지 않다!”
궁사철은 선반의 서랍에 한 자루 칼을 꺼내 들었다. 도영이
처음 대장간을 찾아왔을 때 보여주었던 그 녹슨 칼이다.
“이거나 갈아봐라!”
도영이 뭐라 한마디 하려 하자 궁사철은 붉은빛이 감도는
숫돌을 하나 건넸다.
“옜다, 적강숫돌이다.”
“이 숫돌은 뭐요?”
“그 어떤 강철도 갈 수 있다기에 내가 특별히 구한 것이다.
이제 숫돌 타령은 할 수 없으니 네 실력을 보자.”
“한번 봅시다.”
도영은 숫돌을 손에 쥐고는 낫을 몇 번 갈아보았다. 얼마나
강한 숫돌인지 오히려 낫의 이빨이 빠졌다.
“굉장하군. 이 정도면 갈 수 있겠소.”
도영은 숫돌을 고정시켜 놓고 녹슨 칼을 갈기 시작했다.

슥삭슥삭……!

처음에는 녹물만 나오더니 이내 하얀 칼날이 드러났다. 칼날에 날이 서면서부터 기이한 한기가 뿜어져 나왔다.

'이거 예사 칼이 아닌 것 같아.'

도영은 기이한 호기심에 젖어 칼갈이에 몰두했다.

약간의 시간이 지나자 칼 전체에 서린 녹이 모두 제거되면서 온전한 칼 형태가 드러났다.

길이 사 척 칠 푼.

아직 손잡이도 없지만 일반 장인의 손에서 제작된 싸구려 칼로는 생각되지 않았다.

칼이 형태를 드러내자 궁사철이 받아 들고는 천으로 깨끗하게 닦았다.

궁사철은 칼날을 손끝으로 더듬어보고는 의아한 표정을 지었다.

"어째 날이 덜 선 것 같구나."

"그 칼은 그 정도 날이면 충분할 것 같소. 지금도 으스스한 한기가 뿜어지는데 더 날카로워지면 귀기(鬼氣)가 뿜어질 것 같소."

"귀기……?"

"그렇소."

"어린 녀석이 어떻게 그것을 느낄 수 있느냐?"

"내 나이가 어리다고 너무 무시하지 마시오. 나이는 어려도 산전수전 다 겪었소."

“산전수전은 몰라도 깊은 상심을 겪은 녀석임은 알겠다. 게다가 애늙은이처럼… 세상의 이치를 조금이나마 깨우친 듯 보이는구나.”

궁사철은 칼의 손잡이에 사슴 가죽을 씌우고는 질끈 끈으로 칭칭 동여맸다.

손잡이가 갖춰지자 제법 근사한 칼이 탄생되었다.

“흐음, 괜찮군. 역시 천수귀장(千手鬼匠)의 솜씨는 대단해. 실패작으로 버린 칼이 이 정도일 줄이야.”

도영은 어처구니없다는 표정을 지었다.

“그 칼이… 버린 칼이란 말이오?”

“그렇다. 천수귀장은 자신의 마음에 들지 않은 병기는 바다에 던져 버리지. 이 칼에 녹이 슨 것은 백 년 넘게 바닷물 속에 잠겨 있었기 때문이다.”

도영은 새삼 칼의 가치를 다시 평가하다가 한쪽 눈썹을 슬쩍 치켜 올렸다.

“천수귀장은… 대체 어떤 사람이오?”

“이 갑자 전의 장인이다. 세상에 못 만드는 병기나 도구가 없었던 당시 최고의 장인이지. 하지만 그도 칼의 전설에 도전했다가 실패하고 말았지.”

“칼의 전설은 또 뭐요?”

“전설적인 네 자루 칼을 말한다. 일명 사대신도(四大神刀)라 하는데 무림에 관한 이야기라 너는 얘기해 줘도 모를 것이다. 하여간 천수귀장은 사대신도에 버금갈 칼을 만들겠다는 일념으로 오랜 세월 무수한 칼을 제작했지만 모두 실패하고 말았지."

"천수귀장이 정말 대단한 장인이었나 보오. 실패작으로 버린 칼이 그 정도니 말이오."

"그래. 달리 무림사에서 세 손가락 안에 드는 명장으로 불리었겠느냐?"

궁사철은 반짝반짝 빛나는 칼을 도영에게 건넸다.

"가져라."

도영은 눈을 휘둥그레 떴다.

"내게 주는 거요?"

"오냐. 네가 녹슨 칼을 되살렸으니 그 칼의 주인이 될 자격이 있다. 비록 실패작이라 해도 천수귀장의 손을 거쳤으니 보도(寶刀)로서 손색이 없을 것이다."

"그런 귀한 칼을 왜 내게 주려는 거요?"

"인석아, 노부 역시 대장장이로서 자존심이 있다. 게다가 내게는 이미 훌륭한 칼이 있다."

"나는 아직 칼을 쓰는 법을 모르오."

"태어날 때부터 칼질을 아는 사람이 있더냐? 기회가 되면 네게 도법을 가르쳐 줄 용의도 있다."

궁사철이 재차 권하자 도영은 칼을 손에 쥐었다.

"고맙소."

"칼집은 네가 만들 수 있겠지?"

"물론이오."

"하면 네가 만들어라."

자리를 털고 일어선 궁사철은 희미한 미소를 머금었다.

"참, 그 칼은 이름을 가질 자격이 있다."

"이름이오?"

"그래, 훌륭한 병기는 저마다 이름이 있지. 한번 멋진 이름을 지어보아라."

그날 밤 도영은 칼을 품고 누운 채 이름을 짓는 데 몰두했다. 비록 쇠로 제작된 칼이지만 처음으로 세상 밖으로 나와 자신의 소유물이 되었기에 친구처럼 소중하게 생각되었다.

이름을 고민하며 밤새 뒤적이다가 깜빡 잠들었는데 창을 통해 스며드는 희미한 여명에 눈을 뜨게 되었다.

잠에서 깨어난 도영은 칼집을 어루만지다가 슬쩍 칼을 뽑아 보았다.

스르릉……!

반쯤 뽑힌 칼이 여명 빛을 받아 눈부신 광휘를 발했다.

"아하!"

퍼뜩 떠오르는 생각에 도영은 벌떡 일어나 앉았다.

칼을 뽑아 든 도영은 여명 빛이 스며드는 창문을 향해 칼을 겨누었다.

"여명(黎明)! 그래, 이제부터 네 이름은 여명이다!"

第八章

눈보라 속의 여인, 빙라호리

그믐날 아침.

피풍의를 두르고 두툼한 털옷을 갖춰 입은 궁사철이 마당으로 나섰다.

마당에서 장작을 패던 도영이 의아한 눈빛을 띠었다.

"어디를 가는 거요?"

궁사철은 헛기침을 하며 한껏 거드름을 피웠다.

"허엄, 까마귀고기를 구워 먹은 것이냐? 내가 어디를 가든 캐묻지 말라고 했을 텐데?"

그동안 보름 때마다 어딘가를 다녀온 도영에게 제대로 묻지 못한 답답함을 되돌려주겠다는 듯 입가에 회심의 미소가 진하게 서려 있었다.

도영은 예전의 약조를 상기하고는 더는 묻지 않았다.

궁사철은 도영이 별반 호기심을 보이지 않자 자극하듯 물었다.

"내가 어디를 가는지 궁금하지 않느냐?"

"전혀."

도영이 일축하며 돌아서자 궁사철은 떨떠름한 입맛을 다셨다.

"고얀 녀석, 한 며칠 걸릴 거다. 게으름 피우지 말고 용로를 잘 지키거라. 용로의 불을 꺼뜨리면 당장 내쫓을 테니까."

궁사철은 휘적휘적 걸음을 옮겼다.

도영은 그의 등에 메어진 칼을 유심히 바라보았다.

'단순히 장식용이 아니야. 좋은 칼을 지니고 있다고 하더니 저 칼인가 보군.'

궁사철은 순식간에 사라졌다.

바닥에 잔설이 드문드문 깔려 있었는데 그의 발자국이 전혀 새겨져 있지 않았다. 그것이 답설무흔이라는 상승 경공임을 도영은 전혀 몰랐다.

화르륵……!

화덕에 던져진 장작이 활활 타오르고 있었다.

모처럼 혼자만의 시간을 갖게 된 도영은 화덕에서 피어오르는 불꽃을 바라보다가 문득 천민 부락의 참화를 떠올리게 되었다.

부락 전체를 불태운 어마어마한 화염.

불바다 속에서 날아든 천외마국의 마인들.

처절한 격투를 벌이다 급류 속으로 추락한 도치…….

도영은 주먹을 불끈 쥐었다.

"도부……!"

오로지 자신을 구하기 위해 죽음을 불사한 도치의 헌신적인 노력은 영원히 잊을 수 없는 감동이었다.

"내 아버지는 도부다. 만일 도부가 세상을 떠났다면… 반드시 복수하겠다. 그것이 자식으로서의 도리이니까!"

도영은 지그시 입술을 깨물고는 몸을 일으켰다.

거적문 밖을 보니 눈발이 쏟아지고 있었다. 폭설은 아니었지만 세찬 바람을 타고 내리는 눈보라였다.

도영은 잠시 눈보라를 바라보다가 자신의 침소에서 여명도를 찾아 등에 멨다.

대장간을 나선 도영은 수림 속으로 걸음을 옮겼다. 대장간에서 충분히 멀어졌다 판단한 도영은 여명도를 뽑아 들었다.

여명도를 쥔 도영은 백팔번뇌도를 뇌리에 떠올렸다.

초현에게 백발번뇌도를 선사받아 그가 어렴풋이 깨우친 그림은 제십칠도 모도(慕圖)뿐이었다.

한데 천민 부락이 참사를 당해 수서촌을 떠나온 이후 그는 한 가지 그림을 더 깨우칠 수 있었다.

백팔번뇌도 중 여덟 번째 그림.

원(怨)은 분노이니
어둠은 밝음을 분노하고
낮음은 높음을 분노한다.
세상의 가장 깊은 분노는 마음에서 비롯되니
가슴에 새겨진 분노가 바로 원이다.

가슴에 새겨진 분노가 바로 원(怨)!
도영이 새로 깨우친 그림은 세상에 대한 원망이 사무치면서 해독하게 된 원도(怨圖)였다.
도영은 원도의 형상을 뇌리에 새기고는 천천히 여명도를 휘둘렀다. 누군가 그를 지켜보았다면 칼춤을 추는 것으로 판단했으리라.
"어둠은 밝음을 분노하고 낮음은 높음을 분노한다……."
구결에 몰입된 도영은 무의식중에 걸음을 내딛고 칼을 휘둘렀다. 세찬 눈보라를 전혀 느끼지 못했고, 간간이 귀청을 자극하는 폭음도 전혀 인식하지 못했다.
이윽고 구결에 따라 원도를 마무리한 도영은 여명도를 내렸다. 비로소 현실로 돌아온 그는 엄청나게 변모한 주변을 보고는 경악을 금치 못했다.
폐허.
수림 오 장 이내가 철저하게 파괴돼 있었다. 나무란 나무는 모두 쓰러졌고 단단하게 얼어붙은 지표는 한 자 넘게 파였다. 몇 개의 바윗덩이도 으스러져 널브러져 있었다.

“맙소사! 내가… 이게 내가 저지른 일이란 말인가?”

도영은 손에 쥔 여명도를 보고는 고개를 흔들었다.

“예전에 대나무로 허공에 그림을 그렸을 때는 이 정도까지는 아니었는데… 아무래도 여명도의 위력 때문인 것 같군.”

그는 여명도를 칼집에 넣고는 가슴에 품었다.

‘그래, 내가 굉장한 칼을 얻었어. 백팔번뇌도를 부지런히 수련하면 나도 고수가 될 수 있다. 복수를 해야 할 상황이라면… 철저하게 하겠다!’

도영의 가슴에 전에 없는 호기가 피어올랐다.

자신이 예전처럼 나약한 아이가 아니며 또 그렇게 살아서는 안 된다는 것을 다시 한 번 절감한 것이다.

그는 엇갈려 쓰러져 있는 나무 기둥을 넘어 밖으로 나섰다.

“한동안 장작 걱정은 하지 않아도 되겠군.”

다행히 대장간과는 다소 거리가 있기에 조금씩 장작으로 가져다 쓰면 숲을 훼손한 현장은 숨길 수 있을 것 같았다.

일순 도영은 쓰러져 있는 나무 아래로 비집고 나온 사람의 손을 발견하고는 등골이 서늘해졌다.

“어엇?”

분명 사람의 손.

또한 가늘고 긴 손가락과 하연 피부로 미루어 여인의 손으로 보였다.

도영은 자신 때문에 누군가 다쳤을 거라는 죄책감에 입안이 바싹바싹 말라왔다.

‘누군가 숲에 있다가 내가 휘두르는 칼에 나무가 쓰러지면서 깔린 게 분명해.’

생각이 여기에 이르자 그는 머리카락이 곤두섰다.

‘아, 죽었으면 어쩌지?

도영은 나뭇가지를 헤치고 나무 기둥 아래 묻힌 사람의 상태를 살펴보았다.

여인은 옷 여러 곳이 베어져 피로 물들어 있었다. 이미 피가 굳은 것으로 미루어 상처를 입은 지 제법 된 것으로 보였다.

도영은 겨우 안도할 수 있었다.

“아, 나 때문에 부상을 당한 것은 아니야. 이미 부상을 당해 쓰러져 있다가 나무 아래 깔린 게 분명해.”

그는 애써 자신의 과오를 희석시키고는 눈을 파내고 나무 기둥을 밀어내 여인을 밖으로 끄집어낼 수 있었다.

갓 스물 정도로 보이는 젊은 여인.

과다한 출혈로 낯빛이 창백했지만 빼어난 미모는 얼음을 조각한 옥녀상처럼 아름다웠다. 등에 한 자루 검을 멨는데 손잡이에 붉은 수술이 달려 있었다.

도영은 냉기를 뿜어내는 여인의 싸늘한 매력에 잠시 감탄했지만 얼른 정신을 차리고는 여인을 들쳐 업었다.

“내가 다치게 한 것이 아니라도 다친 사람이니 구해주는 게 도리야.”

도영은 자신의 처소에 여인을 눕히고는 화덕에 장작을 잔뜩 집어넣어서 대장간 내부를 덥히고 물을 끓였다.

도영은 여인의 상처를 살피고는 입맛을 다셨다.

큰 상흔만 헤아려도 열두 곳에 달하기에 상처를 치료하려면 옷을 벗겨야 하는데 그것이 심각한 문제였다. 만일 여인이 정절을 중시하는 성격이라면 함부로 옷을 벗기는 자체가 중대한 모욕이었다.

공연히 치료를 이유로 옷을 벗겼다가는 오히려 원한을 사게 될 수도 있음을 염두에 두어야 했다.

도영은 잠시 갈등하다가 여인의 손을 가만히 쥐었다.

얼음장처럼 차가웠다. 부상을 당한 몸으로 오랜 시간 눈 속에 파묻혀 있었는지 체온이 너무 낮았다.

"이런 상태로는 오래 버틸 수가 없어."

도영은 결단을 내리고는 여인의 옷을 벗겼다. 일단 여인의 목숨을 구하는 것이 우선이라 판단한 것이다.

여기저기 헤진 옷은 핏물로 인해 엉겨 붙은 상황이라 옷을 벗기기 위해서는 찢어야 했다. 여인은 젖가슴 가리개조차 하지 않아 두 겹의 옷을 찢어 벗기자 봉긋한 젖가슴이 고스란히 드러났다.

"으음……!"

도영의 입에서 절로 신음이 흘러나왔다.

그가 여인의 나신을 처음 본 것은 아니었지만 이처럼 팽팽한 탄력과 매혹적인 미태를 지닌 젖가슴은 처음이었다.

도영은 고개를 흔들어 심기를 안정시키고는 여인의 옷을 마저 벗겼다. 그래도 여인의 속곳까지는 차마 손댈 수 없기에 그대로 두었다.

도영은 더운 물에 수건을 빨아 여러 번에 걸쳐 여인의 몸을 닦아주었다. 핏물이 씻기면서 상처가 드러났는데 어깨와 허벅지 부위는 허연 뼈가 드러날 만큼 상처가 깊었다.

"강호의 여인이라 그런가. 이런 상처라면 웬만한 사람은 벌써 죽었을 거야."

도영은 궁사철의 처소에서 약상자를 찾아갖고 나왔다.

그는 천민 부락 시절 초현으로부터 약간의 의술과 약초학에 대해 배운 적이 있기에 간단한 응급처치는 할 수 있었다.

"일단 지혈부터 하고… 약초를 싸매 상처가 덧나지 않게 해야겠군."

그는 여인의 상처 부위에 약을 바르고 약초를 덧대 붕대로 싸매 주었다.

여인의 왼쪽 젖가슴 부위를 치료할 때는 유실이 손끝에 닿아 짜릿함과 죄책감을 동시에 느끼기도 했다.

이윽고 응급처치가 끝났다.

도영은 땀으로 흠뻑 젖은 얼굴을 소매로 닦았다.

육체적으로는 그다지 힘들지 않았지만 가급적 여인의 몸에 손을 대지 않으려 하다 보니 그렇게 신경 쓰는 것이 더 고역이었다.

"됐어. 이제 깨어나는 것은 이 여인의 운명이야."

도영은 깨끗한 이불을 가져다 여인에게 덮어주고는 화로 두 개까지 침소 주변에 배치했다.

창밖을 보니 어느새 날이 어둑어둑해져 있었다.

짧은 겨울 해임을 감안해도 여인을 치료하는 데만 네 시진 이상을 소모한 것이다.

"에고, 힘들어. 나도 잠시 눈 좀 붙이자."

장작더미 위에 거적을 하나 깔고 누운 도영은 이내 코를 골며 잠에 빠져들었다.

얼마나 지났는지는 알 수 없었다.

목을 조이는 압박감은 결코 악몽이나 가위가 아니었다. 숨이 막히는 듯한 고통스런 질식감에서 도영은 겨우 눈을 뜨게 되었다.

"윽… 으윽……!"

도영은 목을 누르는 힘을 밀쳐 내려 했지만 팔다리가 보이지 않는 사슬에 묶인 듯 꼼짝도 할 수 없었다.

도영은 혼란 속에서 애써 정신을 집중하며 자신의 목을 누르는 힘에 시선을 고정시켰다.

그의 목을 누르고 있는 것은 대장간 도구 중 하나인 쇠집게였다.

도영의 시선은 집게를 쥐고 있는 하얀 손에 이어 그 손의 주인 쪽으로 옮아갔다.

차디찬 갈색 눈의 여인.

바로 그가 네 시진에 걸쳐 공들여 치료해 준 그 여인이었다.

어둠 속에서 보인 여인의 모습은 창백한 귀신의 얼굴처럼 냉랭했고 눈빛은 비수처럼 날카로웠다.

여인은 얇은 천 이불을 몸에 두르고 있었다.

도영은 힘겹게 입술을 달싹거렸다.

“왜… 왜 이러는 거요?”

여인의 입을 통해 한기가 풀풀 날리는 냉랭한 음성이 흘러나왔다.

“네놈은 누구냐?”

“난… 도영이라 하오. 집게부터… 치우시오.”

“너 말고 또 누가 있느냐?”

“아무도 없소. 그리고 내가 소저를 구했소.”

“……!”

여인은 도영을 직시하다가 집게를 한쪽으로 집어 던졌다.

“네가 나를 구했다고?”

목을 짓누르던 압박감은 사라졌지만 도영은 혈도가 제압된 상태라 여전히 움직일 수가 없었다.

“그렇소.”

여인은 도영을 물끄러미 바라보다가 희미한 미소를 머금었다.

“네가 내 옷을 벗긴 것이냐?”

도영은 그녀와 눈을 마주치기가 부끄러워 눈을 감았다.

“어쩔 수 없었소. 소저의 부상이 심해… 상처를 치료하기 위해 옷을 벗길 수밖에 없었소.”

"벗긴 것이 아니라 아예 찢었더구나?"

"옷이 피에 엉겨 붙어서……."

"그러니까 네놈이 감히 이 아가씨의 옷을 벗기고 네 마음껏 주물렀다는 것이냐?"

도영은 일방적으로 추궁을 당하게 되자 부아가 치밀었다. 여인의 옷을 벗긴 것은 분명 과오이지만 어쨌든 목숨을 구해 준 은혜를 베풀지 않았던가.

눈을 뜬 도영은 당당하게 응수했다.

"나는 소저를 치료했을 뿐 사심은 추호도 없었소."

"어쨌거나 내 몸을 본 것은 사실이잖아?"

"그건… 부인하지 않겠소."

"예뻤어?"

뜻밖의 물음에 도영은 눈을 휘둥그레 뜨며 여인을 직시했다. 여인의 얼굴에 서린 냉랭한 기운은 스러졌고, 입가에는 의미심장한 미소가 배어 있었다.

"왜 말을 못해? 내 몸이 예뻤는지 묻잖아?"

도영은 여인의 의도를 몰라 솔직하게 대답했다.

"치료 중이라 경황은 없었지만… 밉지는 않았던 것 같소."

"호호호!"

여인은 간드러진 웃음을 터뜨리고는 손끝을 튕겼다.

허공을 격한 지풍이 발출되면서 혈도가 타통되자 도영은 비로소 일어나 앉을 수 있었다.

여인은 하얀 손을 뻗어 도영의 볼을 어루만졌다.

"네가 아직 어린 것을 다행으로 여겨라. 만일 장성한 사내였
다면 내 옷을 벗긴 것만으로 오체분시를 당했을 거다."

"소저를 구하기 위한 조치였는데도 말이오?"

"당연하지. 누가 날 구해달라고 했어?"

여인의 도도한 말투에 도영은 가슴 한쪽이 서늘해졌다.

'결코 선한 여인이 아니로군.'

여인은 몸에 두른 천 이불을 젖가슴 위까지 끌어내렸다.

"아유, 불편해 죽겠네. 입을 만한 옷 좀 찾아와."

"여기는 여인이 살지 않아 소저가 입을 만한 옷은 없소."

"그럼 네 옷이라도 벗던가. 내가 이런 냄새나는 이불을 몸에
두르고 있어야겠어?"

"내 옷을 말이오?"

도영은 자신의 옷을 살피다가 선반 위로 시선을 돌렸다.

'그래, 지난번 장 대인이 겨울에 챙겨 입으라며 준 옷이 있
지?'

등잔을 밝힌 그는 선반 위에서 천 보따리를 끄집어 내렸다.
보자기를 풀자 깨끗한 옷이 보였다. 장삼까지 갖춰져 있지는
않았지만 갓 지은 새 옷이었다.

"사내 옷인데… 괜찮겠소?"

여인은 옷을 받아 들고는 흔쾌한 표정을 지었다.

"그래, 너와 내가 체구가 비슷하니 대충 맞기는 하겠구나."

그녀는 몸에 두른 천 이불을 훌렁 벗었다.

아슬아슬한 속옷 하나만 걸친 나신이 등불에 어른거렸다.

　도영이 입을 딱 벌린 채 바라보자 여인은 눈을 가늘게 떴다.

　"너 그러다가 눈알 뽑히는 수가 있어."

　농담처럼 들렸지만 여인의 기질상 농담이 아닐 수도 있었다.

　도영은 기세에 눌려 얼른 돌아섰다.

　서걱거리는 옷 스치는 소리가 묘한 상상을 불러일으켰다. 여인의 알몸을 보아서인지 그녀의 옷 입는 모습이 충분히 눈에 그려졌다.

　"됐다. 돌아서도 좋아."

　도영은 천천히 몸을 돌렸다.

　늘어진 머리카락과 가슴 앞쪽이 팽팽해 옷매무새가 다소 어색해 보였지만 생각보다는 잘 어울렸다.

　여인은 경각심을 완전히 해소했는지 도영을 향해 생긋 미소를 지어 보였다.

　"참, 네 이름이 도영이라고 했지? 난 설한지(雪寒芝)야."

　"아, 설 소저였군요?"

　도영이 건성으로 응수하자 설한지는 그린 듯한 눈썹을 슬쩍 치켜 올렸다.

　"너, 무림에 대해 전혀 모르는구나?"

　"산골의 대장간 아이가 무림에 대해 어찌 알겠소?"

　"그렇군. 만일 네가 무림의 아이라면 내 이름만 듣고도 깜짝 놀랐을 거다."

　"설 소저가… 무림에서 유명한 분이오?"

"제법 알려진 편이지. 내 별호가 빙라호리(氷羅狐狸)야. 그 동안 내 앞에서 까불던 놈들이며 내 몸을 노리다가 죽은 색적 들이 백 명도 넘을걸?"

설한지는 자신의 행적을 과시라도 하듯 어깨를 으쓱해 보였 다.

도영은 그녀의 도도함이 가소롭다는 생각에 불쑥 한마디 던 졌다.

"그런 대단한 고수가 어떻게 부상을 당하게 된 것이오?"

일순 대장간의 분위기가 서늘해졌다.

설한지의 불끈 쥐어진 주먹에 푸른 힘줄이 돋아났다. 더불 어 실낱처럼 가늘어진 그녀의 눈에서 핏빛 어린 살기가 강렬 하게 뿜어졌다.

도영은 순간적으로 자신이 설한지의 자존심을 건드렸다 싶 어 후회했지만 이미 엎어뜨린 물이었다. 이제 와서 고개를 숙 이는 것도 우스운 모양이다 싶어 대수롭지 않게 말을 이었다.

"설 소저를 공격한 자들이 주변에 보이지 않던데… 놈들은 모두 죽은 것이오?"

한껏 격앙됐던 감정이 해소됐는지 설한지가 살기를 거두며 실소를 흘렸다.

"훗, 대담한 녀석이야. 내 앞에서 너처럼 대놓고 말한 사내 는 여태 없었는데 말이다."

설한지는 장작이 타오르는 화덕 앞으로 다가섰다.

"아, 배고파. 먹을 것 좀 준비해."

  도영은 주방으로 향하면서 잠시 전의 위기를 상기하며 나직
이 한숨을 쉬었다.

  '내가 사람을 구한 것이 아니라… 고약한 성깔의 여우를 구
했구나!'

  설한지는 시종 먹어대면서도 연신 음식 타박을 했다.

  야, 이것도 요리라고 내온 거야? 다른 음식 없어?

  아유, 냄새! 정말 내가 배가 고파서 먹어준다.

  제기, 안 먹어! 개밥도 이것보단 낫겠다.

  그러면서도 그녀는 밥 두 그릇과 버섯튀김, 산토끼 볶음을
깨끗하게 먹어치운 후에야 젓가락을 내려놓았다.

  도영은 빈 그릇을 치우면서 질린 표정으로 혀를 내둘렀다.

  '정말이지, 내가 힘만 있으면 패주고 싶군.'

  설한지는 도영이 설거지를 하는 동안 대장간 이곳저곳을 다
니며 연장을 살펴보고 병기를 매만져 보았다.

  도영이 설거지를 마치고 작업장으로 들어서자 설한지는 한
자루 칼을 쥔 채 천천히 도법을 전개하고 있었다.

  "이 칼 제법인데?"

  도영이 보니 자신의 칼인 여명도였다.

  설한지는 칼을 어루만지며 도영을 힐끗 보았다.

  "이곳같이 후진 대장간에 있을 물건이 아닌데… 혹시 훔쳐
온 거냐?"

  "내 칼이오."

도영이 퉁명스레 응수하자 설한지가 순순히 여명도를 건네주었다.

"네 칼이라면 돌려줘야겠군. 난 검을 사용하니 칼은 필요없어."

설한지는 자신의 검을 내보였다.

"병기라면 이 정도는 돼야지."

그녀의 자부심과 과장이 다소 심한 편임을 잘 알기에 도영은 별반 관심을 두지 않았다.

한데 도영이 여명도를 걸어두고 돌아서자 설한지가 검을 뽑으며 자랑했다.

"너 이 검이 어떤 검인지 알아?"

"모르겠소."

"이 검의 이름은 둔광(遁光)이다."

"둔광이라면… 빛을 숨긴다는 뜻이오?"

"어, 아주 까막눈은 아닌가 보구나? 맞아. 빛을 숨기는 검이기에 둔광이라 하지."

설한지는 도영의 머리 위쪽을 향해 가볍게 검을 그었다. 순간적으로 바람 소리가 들렸지만 빛은 보지 못했다.

"호호, 이름 그대로 둔광이지?"

설한지가 내보인 검극에 도영의 머리카락 한 올이 걸려 있었다. 만일 설한지가 마음만 먹었다면 아주 간단히 도영의 목을 벴을 것이다.

도영은 내심 놀라움을 금치 못했다.

‘굉장한 고수로군. 공연한 자부심이 아니다.’

설한지는 검을 과시하며 도도한 미소를 머금었다.

“이 검은 전설적인 장인 천수귀장의 제자인 만상자(萬象子)가 남긴 오대명검(五大名劍) 중 하나야. 만일 만상자가 명예를 추구했다면 사대신도를 능가할 병기도 제작했을 거다.”

도영은 천수귀장의 제자가 제작했다는 말에 귀가 솔깃해졌다.

‘만상자가 남긴 검이라면 내 여명도와 비교하고 싶군.’

그는 깨끗한 천을 손에 들고 다가섰다.

“한번 볼 수 있겠소?”

“아주 날카로우니 조심해.”

설한지는 주저없이 검을 건네주었다.

도영은 천으로 검을 닦으면서 세심하게 살펴보았다.

검은 외형에 비해 의외로 가벼웠고 손잡이는 검을 쥐기에 딱 좋을 만큼 가죽이 둘러져 있었다. 검극은 예리했고 검날은 날카로운데 도를 넘을 정도로 예리하지는 않았다.

도영은 둔광검을 살피면서 어떤 흠도 찾아볼 수 없었다.

‘과연 명장이 남긴 보검답군. 이 검을 보니 여명도가 왜 바닷물에 버려졌는지 알겠다.’

그가 검을 잘 닦아 건네자 설한지는 검을 쥐고 다시 떠벌렸다.

“세상에 칼의 전설이 전해지지만 터무니없는 이야기일 뿐이다. 세상을 지배하는 병기는 검이야. 칼은 그저 하찮은 칼잡이들이나 쓰는 병기일 뿐이지."

도영은 어릴 적부터 칼을 장난감처럼 다루면 살아왔고, 양부인 도치의 칼솜씨를 세상 최고라 생각해 왔기에 칼에 대한 비하가 듣기에 거슬렸다.

"검이 왜 칼보다 낫다는 거요?"

"어마, 따질 줄도 아네?"

설한지는 검집에 검을 꽂고는 턱을 치켜들었다.

"칼은 본래 도구로 사용되다가 병기화되었지만 검은 애초부터 병기로 탄생된 거야. 그래서 검을 만병지왕(萬兵之王)이라 하지. 예로부터 유명한 검객은 검왕(劍王), 검제(劍帝), 검황(劍皇), 검선(劍仙), 검신(劍神) 등으로 추앙돼 왔지만 도객들은 그 이름을 널리 떨치지 못했어. 세상에 오대검파이니 육대검파이니 하는 문파들은 존재하지만 도법을 전문적으로 교습하는 문파는 거의 없거든."

"하면 왜 무림인 중 절반이 칼을 병기로 삼는 거요?"

도영이 정색하며 반박하자 설한지는 가소로운 듯 도영을 훑어보았다.

"요런 맹랑한 녀석 보게? 무림에 대해 전혀 아는 것이 없다더니 아주 모르지는 않나 보구나. 그래, 무림인 절반이 칼을 쓰는 것은 맞아. 그 이유는 도법은 누구라도 쉽게 배울 수 있고 칼은 어디서든 손쉽게 구할 수 있기 때문이다. 반면 검법은 상당한 공력을 요구하며 수련하기가 아주 까다롭지. 또한 수련 기간이 아주 길고 정식으로 배워야만 올바른 검법을 구사할 수 있기에 제대로 된 검객은 많지 않아. 이제 알겠냐?"

설한지는 도영을 한껏 무시하고는 침소로 향했다. 남의 침소이지만 그녀는 마치 자신의 것인 양 행세했다.

"넌 밖에서 자. 괜히 엉큼한 마음을 품고 침상으로 기어들어왔다가는 죽을 줄 알아."

이쯤 되면 누가 주인이고 객인지 모를 정도였다.

2

슈우우……!

설한지는 침상에 단정히 앉아 운공조식을 취하고 있었다. 그녀의 몸에서 뿜어진 허연 기운이 빙무처럼 그녀의 전신을 감쌌다.

도영은 내가고수의 운공조식을 한 번도 본 적이 없기에 신기해하는 눈빛으로 설한지를 지켜보았다.

허연 기운은 설한지의 입을 통해 뿜어졌다가 코를 통해 흡입되었다. 그러는 사이 설한지의 얼굴에 화기가 감돌았다.

이윽고 허연 기운이 설한지의 코를 통해 모두 흡입되면서 운공조식이 끝났다.

침상에서 내려선 설한지는 기분이 좋은지 활달하게 말했다.

"도영 네 덕분에 외상이 치료되고 한기에 침해되지 않아 쉽게 회복된 것 같구나. 어떻게 보답해야 할지 모르겠다."

"보답은 전혀 생각지 않소. 몸이 회복됐으면… 이만 떠나주시오."

도영은 설한지가 궁사철과 대면하기를 원치 않았다.

그의 판단이 맞는다면 궁사철은 결코 평범한 대장장이가 아니다. 그가 여명도를 능가하는 훌륭한 칼을 지녔다고 자부할 정도면 솜씨 좋은 도객일 수도 있었다.

궁사철의 괴팍스런 성격을 감안하면 설한지와 대면할 경우 한바탕 싸움이 벌어질 것은 쉽게 예상되었다. 도영이 설한지를 서둘러 떠나보내려 하는 이유도 그런 분란을 우려해서였다.

설한지는 눈으로 덮인 밖을 보고는 엄살을 부렸다.

"너무해. 사방이 눈으로 가득한데 어떻게 축객령을 내릴 수 있어? 너, 보기보다 냉정하구나?"

"무림의 고수께서 설마 이 정도 눈을 걱정한단 말이오?"

"얄미운 자식, 내가 그렇게 미운 거냐?"

"그래서가 아니요. 주인이 돌아오기 전에 내 할 일을 해야 하는데 설 소저 때문에 너무 방해가 돼서 그렇소."

"일 못한 값은 내가 보상해 줄 수 있어."

"설 소저가 지금 떠나주는 것이 내게는 최고의 보상이오."

"……!"

설한지는 물끄러미 도영을 바라보다가 통나무 의자에 걸터앉았다.

"고집스런 녀석. 네 말대로 떠나줄 테니 마지막으로 차나 한 잔 다오."

"알았소."

도영은 그녀가 떠난다는 말에 서둘러 차를 끓였다.

김이 모락모락 피어오르는 찻잔을 받아 든 설한지는 설경을 바라보며 천천히 입술을 뗐다.

"사실 내가 이곳을 곧바로 떠나지 않은 이유는 나를 추격해 온 자객들이 있을까 우려해서야."

"……?"

"천하에는 무수한 자객 집단이 있다. 나를 추격해 온 놈들은 삼대자객집단 중 하나인 혈명곡(血冥谷)의 자객들이지. 놈들의 표적이 되어 살아난 사람은 거의 없어. 난 저들의 포위망을 뚫고 가까스로 탈출했지. 놈들은 내 죽음을 확인하려 할 테지만 다행히 며칠 사이 폭설이 내려 추격이 불가능해졌으니 철수했을 것이다."

도영은 가슴 한구석이 뭉클해졌다.

'내가 이 여인을 잘못 보았구나.'

며칠 내내 자신을 종처럼 부려먹은 설한지를 못된 악녀로만 생각했는데 의외로 따뜻한 면을 새삼 인식한 것이다.

만일 설한지가 진정한 악녀였다면 정신을 차린 직후 자신이야 죽든 말든 대장간을 떠났을 것이다. 한데 자객들의 추격에도 불구하고 그녀가 떠나지 않은 이유는 자신을 지켜주기 위함으로 보아야 했다.

도영은 굳이 말을 하지 않았지만 그녀의 잔에 따뜻한 차를 채워주는 것으로 고마움을 대신했다.

설한지는 그를 힐끗 보고는 오만스레 말을 이었다.

"사실 네가 죽든 말든 상관없지만 내 자존심의 문제이지. 나 때문에 다른 사람이 죽는다는 것은 나 빙라호리의 치욕 아니겠어?"

말이라도 안 했으면 정말 예뻤을 것이다.

도영은 신경질적으로 찻주전자를 내려놓았다.

"그럼 어서 들고 떠나시오."

한데 자리에서 일어선 설한지는 도영을 와락 끌어안았다.

"도영, 훗날 강호인이 되면 나를 꼭 찾아와라. 혹시 알아? 장성한 너를 보고 내가 한번 품어줄지?"

"솔직히 겁이 나서라도 설 소저와 다시 만나고 싶지 않소."

"진심은 아니지?"

상큼 치켜뜬 그녀의 갈색 눈망울에 은근한 원망과 섭섭함이 내비쳐 나왔다. 도영이 선뜻 말을 못하자 설한지는 도영의 입술에 쪽 소리가 나게 입을 맞추었다.

"도영, 네 기질이라면 훌륭한 무인이 될 수 있을 거야. 널 잊지 않겠다."

설한지는 호의적인 미소를 흘리고는 바깥으로 훌쩍 몸을 날렸다.

도영은 자신의 입술을 손끝으로 더듬어보았다.

향긋한 입맞춤의 감촉.

도영은 나직이 한숨을 내쉬었다.

설사 악녀라 해도 미워할 수 없는 악녀이며, 운명이 이끌어준다면 한 번쯤은 다시 만나고 싶은 마음이 드는 여인이었다.

도영은 거적문을 밀치고 밖을 내다보았다.

흰 눈으로 덮인 세상에 눈이 부셨다. 설한지가 사라진 방향을 찾으려 했지만 눈 위에 발자국 하나 남겨져 있지 않았다.

도영은 시리도록 푸른 하늘을 올려다보았다.

'설한지… 잊지 못할 추억으로 남겠군.'

第九章

도객(刀客)들의 경연

그믐달 기분 좋게 출타한 궁사철은 닷새 후에야 돌아왔다.

부상은 심하지 않지만 옷 이곳저곳이 찢기고 핏자국까지 묻은 것으로 미루어 한바탕 싸움을 벌인 듯했다.

도영은 무슨 사연인지 궁금했지만 서로 약조를 했던 터라 물을 수도 없었다.

'정말 답답하군. 대체 무슨 일이 있었던 거야?

궁사철은 밀렸던 일감조차 마다한 채 방에 틀어박힌 채 나오지 않았다.

결국 도영이 담금질을 직접 할 수밖에 없었다.

평소라면 불도 못 다루는 주제에 망치까지 쥐었다고 호통쳤을 궁사철이지만 쇳소리를 듣고도 가타부타 말이 없었다.

도영은 일부러 궁사철을 자극하기 위해 허투루 망치질 소리를 냈지만 궁사철은 여전히 무반응이었다. 그런 점이 도영을 더욱 답답하게 만들었다.

'것 참, 뭔 일인지 몰라도 충격이 큰 것 같아.'

보름날 하루 전.

도영은 포선산으로 출발해야 할 시각이지만 용로의 불을 꺼뜨릴 수 없기에 차마 대장간을 떠날 수가 없었다. 용로의 불은 한번 꺼지면 쇳물마저 훼손시키기에 대장간 문을 닫을 수밖에 없다.

한데 궁사철이 오랜만에 서적문을 밀치고 처소를 나섰다.

"왜 여태 떠나지 않은 것이냐?"

예전처럼 카랑카랑 목소리였고, 세모꼴 눈에서 뿜어지는 눈빛이 예리했다.

도영은 그가 상심에서 벗어난 것이 반가웠지만 전혀 내색하지 않았다.

"지금 떠나려는 참이었소."

도영은 간단하게 행장을 꾸려 대장간을 나섰다.

땅! 따앙……!

등 뒤에서 들려오는 망치질 소리가 더없이 기분 좋았다.

그가 궁사철과 함께 지낸 지도 넉 달.

그동안 서로는 한 번도 다정한 대화를 주고받지 않았지만 어느새 서로를 깊이 인정하는 사이가 된 것이다.

2

포선산을 등지고 돌아오는 도영의 발걸음이 가볍지 않았다.

그동안 네 번의 보름을 지나 보냈지만 이번 보름은 예전과 달랐다. 한 해가 넘어가서인지 네 번째 보름이 아니라 열두 번째 보름이라는 착각마저 들게 해서였다.

칼날처럼 예리한 겨울바람이 귀를 스쳐 갔지만 그는 귀가 떨어져 나갈 듯 아픈지도 몰랐다.

'도부의 부상이 무척 심한가 보군. 아니, 혹시 급류에 휩쓸며 머리를 부딪치면서 기억을 잃은 것은 아닐까? 그것도 아니면 눈을 다친 것은 아닐까?

도영은 도치의 생존을 의심하지 않기 위해 도치가 승룡천에 오지 못할 이유를 계속해서 만들어냈다.

가슴 저편에부터 밀려오는 절망의 그림자가 짙었지만 도영은 아직은 포기하고 싶지 않았다.

수서촌이 참화를 당한 지 고작 다섯 달.

희망이 버리기에는 아직 이른 것이다.

복잡한 상념에 빠져 있던 도영은 수림 저편에서 들려오는 폭음에 퍼뜩 정신을 차렸다.

펑! 펑……!

폭음 속에서 간간이 사람의 기합성이 들려왔다.

'궁로의 음색 같은데……?'

도영은 짙은 눈썹을 불끈 치켜 올렸다. 폭음 속에서 들려오는 기합성은 분명 궁사철의 외침이었다.

"궁로가 왜 이곳까지 온 거지?"

주변을 쓸어본 도영은 낯익은 광경에 순간적으로 긴장했다.

'가만, 이곳은 일전에 빙라호리를 만난 곳이잖아?'

도영은 급히 수림 속으로 뛰어들었다.

수림 속은 곳곳이 베어져 폐허로 변해 있었다. 밑동이 잘린 수백 그루의 백양나무가 서로 뒤엉켜 쓰러져 있었다.

"차아앗!"

바닥을 박차고 치솟은 노인은 분명 궁사철이었다.

그는 허공을 디딘 채 몸을 틀면서 지상을 향해 칼을 내려쳤다. 십여 가닥의 도기가 동시에 발출되면서 수림을 강타했다.

콰아앙!

요란한 폭음이 터지며 수십 그루의 백양나무가 허리를 꺾으며 연쇄적으로 쓰러졌다.

이를 본 도영은 놀라움을 금치 못했다.

'아, 궁로가 이렇듯 뛰어난 도객이었을 줄이야.'

강력한 도법을 선보인 궁사철이었지만 표정은 불만으로 잔뜩 구겨져 있었다. 그는 일격으로 쓰러뜨린 수림을 쓸어보면서 장탄식을 토했다.

"이것이 아니다. 내 수법은 그저 파락호들이 마구 수림을 헤친 것과 다를 바 없다."

몸을 돌린 그는 수림 한쪽으로 시선을 고정시켰다.

오 장 크기의 공터에 수십 그루의 나무가 쓰러져 있는데 베어진 각도가 조금 기이했다. 베어진 나무들은 조금씩 틀어진 상태로 눕혀져 있는데 그 형태를 자세히 살펴보면 하나의 그림을 형성하고 있었다.

이를 본 도영은 가슴이 덜컥 내려앉았다.

'아, 내가 백팔번뇌도를 수련하면서 쓰러뜨린 나무를 보았군. 궁로는 그 형상을 재현할 생각이었어.'

도영은 몸을 숙인 채 뒷걸음질을 쳤다.

'내 솜씨임이 발각돼서는 안 돼!'

초현과의 약조를 위해서라도 백팔번뇌도에 대해서는 절대적으로 함구해야 했다. 아니, 백팔번뇌도 때문에 수서촌이 참화를 당한 것을 감안하면 그 자신을 위해서라도 비밀을 지켜야 할 상황이었다.

이때 뒷걸음을 치던 그는 그만 바싹 마른 나뭇가지를 밟고 말았다.

뚝……!

'젠장!'

급히 돌아선 도영은 수림 밖으로 향해 내달렸다. 한데 채 십 장을 달리기도 전에 궁사철이 마치 땅에서 솟아나듯 내려서며 그를 막아섰다.

도영은 당황함을 숨기며 짐짓 감탄을 발했다.

"와아, 궁로가 이런 고수인지 몰랐소."

궁사철은 검은빛이 감도는 칼을 등의 칼집에 꽂았다. 외눈에서 뿜어지는 눈빛이 전에 없이 날카로웠다.

"백양나무를 쓰러뜨려 만들어낸 형상은 네 솜씨냐?"

"무슨 말인지 모르겠소."

"시치미 떼도 소용없다. 이곳 철마령(鐵磨嶺)에 너와 나밖에 없으니 네 솜씨가 분명하다. 도영 네가 어떻게 그렇듯 신비로운 도법을 구사할 수 있었던 것이냐?"

"내가 그런 것이 아니요."

도양은 한껏 억울하다는 표정을 짓다가 갑자기 손뼉을 쳤다.

"아, 아마도 그 여인의 솜씨인 것 같소."

"그 여인이라니?"

"사실 궁로가 출타한 사이 어떤 여인을 구하게 되었소. 별호를 빙라호리라 했는데……."

"뭐야, 빙라호리? 그 독랄한 계집을 네가 구했다고?"

성큼 다가선 궁사철이 다그치듯 물었다.

"대체 어찌 된 연유인지 소상하게 밝혀라!"

도영은 백팔번뇌도의 존재를 숨기기 위해 설한지를 전면에 내세웠다.

"장작을 구하러 나서던 중 수림 일부가 쓰러져 있었고, 한 여인을 구하게 되었소. 여인 바로 설한지였소. 나중에 애기를 들어 보니 설한지는 혈명곡 자객들의 공격을 받아 부상을 당했다고 하였소."

"그러니까 네 말은 저 수림에 새겨진 형상이 빙라호리나 혈명곡 자객들의 솜씨라 이거냐?"

"당연하지 않소? 내게 그런 능력이 어디 있겠소? 그들에 의해 나무가 베어진 것이 확실하오."

궁사철은 일전에 도영이 쓰러뜨린 수림 쪽으로 걸음을 옮겼다.

"이 나무들은 칼에 의해 쓰러졌다. 따라서 검법을 구사하는 빙라호리와는 무관하다."

도영은 궁사철의 정확한 지적에 가슴이 뜨끔해졌다.

'정말 예리하군.'

궁사철은 밑동의 단면을 살피고는 미간을 찌푸렸다.

"혈명곡 자객 중 일부는 도법을 구사한다고 들었다. 하지만 이것은 절대 자객의 솜씨가 아니다."

"왜 그렇게 생각하는 거요?"

"왜냐고?"

궁사철은 도영의 겨드랑이에 팔을 끼고는 허공으로 둥실 떠올랐다.

도영은 순간적으로 아찔한 현기증을 느꼈지만 상황의 급박함을 인식해 애써 정신을 집중했다.

나무가 쓰러진 형상은 공중에서 내려다보자 보다 분명해졌다.

원(怨).

쓰러진 나무가 이어진 채 거대한 글자가 형성한 것이다.

다시 바닥으로 내려선 궁사철은 강렬한 눈빛으로 도영을 주시했다.

"무슨 글자인지 알겠느냐?"

"확실치는 않지만… 원(怨)이 아닌가 싶소."

"그렇다. 분명 원이라는 글자다. 누군가 나무를 베어 글자를 형성한 것이다. 하지만 보다 깊이 살펴보면 단순히 글자 하나를 형성한 것이 아님을 알 수 있다. 글자가 아니라 그림이 새겨졌다고 해야 맞다."

궁사철은 수림 쪽으로 시선을 돌렸다.

"노부가 알기로 천하의 어떤 자객도 이런 신비로운 도법을 연출할 수 없다. 이는 단순한 도법이 아니며 심도(心刀)의 입문 단계인 초상승 절기에 해당되기 때문이다."

"궁로, 나는 무슨 말을 하는지 전혀 이해가 되지 않소."

"오냐. 네가 그렇듯 부인한다면 나도 더 이상 추궁은 않겠다. 사실 어린 네가 이렇듯 초절한 도법을 깨우쳤다고는 믿을 수 없으니 말이다."

궁사철은 잠시 회색빛 하늘을 올려다보다가 수림 밖으로 걸음을 옮겼다.

"나 역시 도법을 구사해 글자를 형성하려 했지만 불가했다. 공연히 수림만 파괴하고 말았지."

도영은 궁사철을 위로할 수도 없는 입장이라 입을 다문 채 묵묵히 뒤를 따랐다.

수림을 나서자 궁사철이 퉁명스레 물었다.

"네 표정을 보니 이번에도 소득이 없는 것 같구나?"

“그렇게 되었소.”

“고집스런 녀석, 노부에게 사연을 털어놓으면 혹시 도움이
될 수도 있으련만……”

궁사철이 일부러 들으라는 듯 뇌까렸지만 도영은 딴청을 부
렸다.

“식사는 하셨소? 참, 장 대인은 다녀갔는지 모르겠군.”

도영이 앞서 대장간으로 향하자 궁사철은 쓴 입맛을 다셨
다.

“오냐. 언제까지 네 속내를 숨길 수 있는지 보겠다.”

3

산중이라 해도 따사함을 만끽할 삼월 초순.

행장을 꾸린 궁사철이 대장간을 나섰다. 이번 행선지는 제
법 먼 길인지 행장이 컸고 머리에 방갓도 쓰고 있었다.

마당에서 장작을 패던 도영이 그를 보며 의아한 표정으로
물었다.

“어째 다시는 돌아오지 않을 것처럼 보이는구려?”

“아마 그럴 것 같구나.”

“정말… 이오?”

“노부가 철마령에서 머문 지 다섯 해가 넘었다. 그만하면 오
래 지낸 편이다. 그동안 대장장이로서 지내며 칼에 대해 배운
바가 있으니 나름대로 소득은 있었다.”

“본래 대장장이가 아니었소?”

궁사철은 가벼운 웃음을 흘렸다.

“그래, 노부는 사실 도객이다.”

궁사철이 도객임은 도영도 이미 짐작하고 있었다. 지난번 백양목 수림에서 보여주었던 칼 솜씨를 감안하면 일류도객으로 손색이 없는 고수다.

도영은 대장간의 앞날이 걱정되었다.

“하면 이 대장간은 어찌 되는 거요?”

“장 대인에게 부탁해 놓았으니 조만한 대장간을 인수할 대장장이가 찾아올 것이다.”

도영은 막상 궁사철과 헤어지게 되자 섭섭함을 금할 수 없었다.

“언제 또 만날 수 있겠소?”

“그럴 가능성은 거의 없을 것이다. 하지만……”

말꼬리를 흐리던 궁사철이 넌지시 물었다.

“혹시 내가 무엇 때문에 출타하는지 궁금하지 않으냐?”

“당연히 궁금하지만 서로 묻지 않기로 약조하지 않았소?”

“만일 네가 구경하겠다면 이번에 한해 너를 데려가 줄 수도 있다.”

예상치 못한 제안에 도영은 잠시 생각하다가 물었다.

“어디인지 물어도 되겠소?”

“강서성 여산이니 아주 멀지는 않다.”

“그곳을 들렀다가 이번 보름까지 포선산에 당도할 수 있겠소?"

"네가 보름 때마다 가는 곳이 포선산이냐?"

"그렇소."

"네 걸음으로는 어렵겠지만 말을 타고 이동하면 충분히 가능하다."

도영은 말을 타면 관도를 이용해야 하기에 부담이 되었다.

"난 사람들이 많은 번잡한 길은 싫은데……."

궁사철은 도영의 처지를 간파한 듯 대수롭지 않게 덧붙여 말했다.

"표국의 표사 보조로 행세하면 검문을 통과하는 데에는 전혀 문제가 없다."

"내 신분에 대해 이미 눈치를 챈 것이오?"

"아니다. 다만 그렇게 느꼈을 뿐이다. 네가 떳떳한 신분이라면 굳이 산중의 대장간에서 머물러 있으려 했겠느냐?"

도영은 떨떠름한 표정으로 물었다.

"한 가지 더. 여산에서 누구를 만나는 것이오?"

"내 오랜 동료들이다. 모두가 칼을 쓰는 도객으로 우리는 스스로를 야우칠도(野愚七刀)이라 부른다."

"야우(野愚)라면… 우매한 야인들을 말함인데, 왜 스스로를 낮춰 부르는 것이오?"

"그럴 만한 사연이 있다. 게다가 아직 칼에 대해 깨우치지 못했으니 우매함을 인정할 수밖에 없다."

"야우칠도는 모두가 세상에 알려진 명사들이오?"

“조금은 그런 편이다. 우리는 함께 도법을 논하기 위해 오랜 세월 회합을 가져왔다.”

도객들의 회합.

도영은 야우칠도의 모임에 왠지 마음이 끌렸다.

백팔번뇌도를 뇌리에 담은 이후 그 역시 무림의 일원이 되었음을 부인할 수 없기에 천하 도객들의 회합을 한 번쯤 구경하고 싶었다.

“가겠소. 잠시만 기다려 주시오.”

간단히 행장을 꾸린 도영은 여명도를 등에 메고 마당으로 나섰다.

칼을 멘 도영을 본 궁사철이 감회 어린 미소를 띠었다.

“보기 좋구나. 아주 오래전 풍운의 꿈을 품고 처음 세상으로 나서는 노부의 어린 시절을 보는 것 같다.”

도영은 대장간의 굴뚝을 보며 우려의 눈빛을 발했다.

“용로가 꺼지지 않도록 충분히 장작을 넣어두어야 하지 않겠소?”

“신경 쓰지 마라. 너나 나나 대장장이로 살 운명은 아니지 않느냐?”

궁사철은 도영의 어깨에 팔을 두르고는 둥실 떠올랐다. 높은 나뭇가지 위로 내려선 그는 한 번 도약할 때마다 칠팔 장을 건너뛰었다.

얼마나 빠른 속도로 날아가는지 귓가를 스치는 바람 소리에 고막이 터질 것만 같았다.

도영은 숨이 턱턱 막히는 속도감 속에서도 묘한 흥분과 설
렘에 젖었다.

'나로서는 또 다른 세상을 접할 기회다.'

4

여산(廬山).

강서성 북부에 위치한 이 산은 황산, 장자계와 더불어 중원
을 대표하는 명산 중 하나다. 겉에서 보면 수려하지만 깊이 들
어서면 기암절벽과 운해로 둘러싸여 있어 그 험준함을 상상하
기조차 어렵다.

산정에 서면 대륙 최대의 호수인 파양호가 내려다보이기에
그 풍광 또한 장관이 아닐 수 없다.

여산의 높이는 오천 척에 불과하지만 절벽과 운해, 그리고
폭포로 유명한데 그것은 여산삼절(廬山三絶)로 불리기도 한다.

콰류류……!

삼십 장 높이의 폭포수에서 뿜어내는 물소리는 마치 천둥이
울려 퍼지는 듯하다. 흰 포말을 일으키며 소 주변을 감싸고 있
는 물안개는 하늘의 구름과 맞닿아 여산의 신비로움을 더해준
다.

"다 왔다."

소 가장자리의 바위 위에 내려선 궁사철은 도영을 내려주

었다.

철마령에서 여산까지 천수백 리 길을 이틀 만에 주파한 탓인지 궁사철의 얼굴에서는 피곤함이 묻어 나왔다.

도영은 차가운 물로 간단히 얼굴을 씻고는 입안을 헹구었다.

"폭포수가 장관이구려."

도영이 소로 떨어지는 폭포를 가리키자 궁사철이 가볍게 고개를 끄덕였다.

"그래, 그 옛날 이태백은 여산의 폭포를 보고 하늘에서 은하가 쏟아지는 것 같다고 했다[銀河落九天]."

도영은 초현에게서 글을 조금 배웠지만 시문까지는 깊이 파고들지 못해 그 유명한 시조차 알지 못했다.

'시는 몰라도… 표현은 정말 적절하군.'

그는 폭포를 감상하면서 마음속으로 은하낙구천을 뇌까렸다.

약간의 휴식을 취한 궁사철은 도영을 옆구리에 끼웠다.

"자, 올라가자."

까마득한 높이에 도영은 눈을 휘둥그레 떴다.

"저 폭포 위란 말이오?"

"오냐. 그래야 누구의 방해도 받지 않을 수 있다."

궁사철은 폭포수 옆 벼랑을 따라 이십여 장을 솟구치다가 벼랑의 틈새에 손가락을 걸치며 잠시 숨을 돌렸다. 이어 진기를 운집한 그는 재차 벼랑을 차고 도약해 폭포 위로 올라섰다.

폭포 위의 세상은 그야말로 새외별경이었다.

넓은 분지는 비교적 완만한 평지를 이루었고, 신록의 수림과 화려한 꽃들로 우거져 있었다.

벼랑 아래서부터 거대한 반석이 펼쳐져 있는데, 시원스레 물이 흐르는 계수까지 무려 오십 장이나 달해 웬만한 연무장을 방불케 했다.

반석 위로는 세 사람이 둘러앉아 술을 마시며 담소를 나누고 있었다.

한 명의 백발노인과 두 명의 중년인.

긴 장포로 다리 아래까지 가린 백발노인은 허리춤에 열두 자루의 비수를 차고 있었다. 그의 앉은 자세가 불편해 보이는 것은 두 다리가 무릎에서부터 잘린 탓이다.

두 명의 중년인 중 한 명은 체구가 장대했고 폭이 한 뼘도 넘는 대두도를 메고 있었다. 그는 얼굴이 심하게 훼손된 파면(破面)이라 본래의 얼굴을 짐작하기가 쉽지 않았다.

다른 한 명은 바싹 마른 체구인데 바닥에 죽도를 내려놓고 있었다. 오른쪽 소매가 헐렁한 것으로 미루어 한 팔이 잘린 외팔이로 보였다.

그들은 서로가 준비해 온 술과 안주를 먹다가 인기척을 감지한 듯 동시에 고개를 돌렸다.

반석 위로 내려선 궁사철은 도영을 바닥에 내리고는 백발노인을 향해 포권을 취했다.

“늦었소, 대형.”

"아닐세. 우리도 잠시 전에 당도했네."

두 명의 중년인이 몸을 일으켜 예를 표했다.

"어서 오시오, 둘째 형."

도영이 멀뚱한 눈빛으로 세 사람을 쓸어보자 궁사철이 먼저 소개해 주었다.

"대장간에서 내 보조로 일하는 녀석이오."

백발노인은 차분한 눈빛으로 도영을 쓸어보고는 호의적인 미소를 띠었다.

"흐음, 훌륭한 근골을 지녔구나. 둘째가 너를 제자로 삼은 이유를 알겠다."

상황이 오인되자 도영이 얼른 반박했다.

"난 구경꾼으로 왔을 뿐이지 궁로의 제자가 아니오."

궁사철은 떨떠름한 표정이 되어 화제를 돌렸다.

"인사부터 올리거라. 이쪽이 우리 야우칠도의 대형이신 낙혼비뢰(落魂飛雷)이시고, 여기 둘은 셋째인 붕악패도(崩岳覇刀), 넷째인 고죽섬흔(孤竹閃痕)이다. 그리고 내 별호는 환명유절(幻冥幽切)이다."

도영은 세 사람을 향해 간단히 포권을 취해 보였다.

"도영이라 하오."

도영은 도객들을 보면서 그들의 공통점을 대번에 인식할 수 있었다.

불구자들.

도객들이 본래 불구자라고는 생각되지 않았기에 부상으로

인해 불구가 된 것으로 추측되었다.

붕악패도는 도영이 메고 있는 칼을 보고는 쩌렁쩌렁한 음성으로 물었다.

"칼을 지닌 것을 보니 네 녀석도 도객인가 보구나. 나와 한 판 겨뤄보겠느냐?"

"……."

"카하핫, 무엇을 두려워하는 것이냐? 설마 내가 어린 너를 상대로 붕악도를 휘두르기나 하겠느냐? 그저 너의 칼솜씨를 보고 싶을 뿐이다!"

한데 궁사철이 정색하며 붕악패도를 만류했다.

"셋째, 행여 망신당할 수 있으니 도전을 철회하게."

"카하핫! 무슨 터무니없는 농담을 하는 거요, 둘째 형?"

"농담이 아니다."

궁사철은 세 사람과 함께 둘러앉으며 백양목 수림에서 보았던 기괴한 현상에·대해 상세하게 얘기했다.

도영은 한쪽으로 물러앉아 자신과 전혀 연관이 없는 것처럼 관심을 보이지 않았다.

네 사람은 서로의 의견을 제시하며 가벼운 논쟁을 벌이기도 했다. 그러다 대형인 낙혼비뢰가 깊이 숙고하다가 놀라운 사실을 밝혔다.

"만일 그것이 사실이라면 잠밀문의 독문 절기인 백팔번뇌도에 의한 가능성이 크다. 허공에 새긴 초식이 지면을 통해 재현되는 절기는 세상에서 오직 백팔번뇌도뿐이니까."

　잠밀문과 백팔번뇌도가 언급되자 도영은 가슴이 덜컥 내려앉았다.

　'으음, 조심해야겠어. 초현 아저씨가 선사한 백팔번뇌도의 존재를 의외로 많은 사람들이 알고 있구나.'

　그는 백팔번뇌도의 가치와 위험성을 다시 인식하게 되었다.

　만일 그의 뇌리에 백팔번뇌도가 기억돼 있다는 사실이 밝혀진다면 악인들은 그에게 갖은 독형을 가해서라도 백팔번뇌도에 대해 알아내려 할 것이다.

　궁사철은 도영 쪽을 힐끗 보고는 고개를 저었다.

　"그것은 불가하오. 풍문에 의하면 잠밀문은 내부의 배신자로 인해 철저하게 궤멸되었소. 백팔번뇌도 역시 당시 소실되었다고 하는데 어떻게 그 절기가 재현될 수 있겠소?"

　고죽섬혼도 그 말에 동조했다.

　"둘째 형의 말씀대로 백팔번뇌도는 아닌 것 같소. 아마도 빙라호리와 혈명곡 자객들의 격돌 속에서 우연히 그림 형상이 만들어진 것이 아닌가 싶소."

　"흐음, 넷째의 말이 맞을 수도 있네. 세상에는 이해할 수 없는 일들이 너무도 많지."

　낙혼비뢰가 동조하면서 백팔번뇌도의 도영의 연루 의혹은 묻혀 버렸다.

　다소 다혈질인 붕악패도가 일어서며 대두도를 뽑아 들었다.

　"넷째와는 잠시 전 몇 초를 교환했소. 둘째 형의 새로운 수법을 한번 견식해 보겠소."

궁사철은 술잔을 마저 비우고는 따라 일어섰다.

"그러지. 지난번처럼 망신을 당하는 일은 없을 것이네."

두 사람은 반석 중앙에서 마주 대치해 섰다.

낙혼비뢰는 도영을 불러 옆에 세웠다.

"행여 다칠 수 있으니 노부 옆에서 떨어지지 마라."

"나는 신경 쓰지 마시오."

도영의 당돌한 응수에 낙혼비뢰는 실소를 흘렸다.

"알겠다. 네 기질을 보니 목이 떨어져 나가도 비명 소리 하나 지르지 않을 것 같구나."

궁사철은 묵도를 비스듬히 세웠고, 붕악패도는 대두도를 높이 쳐든 채 금세라도 내려칠 기세를 보였다. 한데 당장에라도 일전을 벌일 것 같은 두 사람은 대치한 상태에서 조금도 움직이지 않았다.

바싹 기대하고 있던 도영은 대치 상태가 길어지자 다소 맥이 빠졌다. 그러자 도영의 귓속으로 낙혼비도의 늙수레한 음성이 흘러들어 왔다.

"다짜고짜 병기를 마주치는 것은 하수들의 대결이다. 나름대로 경지에 오른 고수들은 섣불리 움직이지 않는다. 더군다나 최대한 공력을 배제하고 구결을 통한 비무를 펼치려 하고 있지."

도영은 두 사람에게 눈을 고정시킨 채 나직이 물었다.

"비무라면 다치는 일은 없겠군요?"

"반드시 그런 것은 아니다."

낙혼비도는 어깨에 멘 바랑에서 두툼한 서책을 꺼내 들었다.

"저들이 비록 지닌바 공력의 삼성 정도만 운기할 것이지만 환도(幻刀)와 쾌도(快刀)가 워낙 독보적이라 자칫 다칠 수도 있다."

낙혼비도는 서책을 펼치며 붓을 손에 쥐었다.

도영이 힐끗 보니 그림이 곁들여진 대전 상황이 빼곡하게 적혀져 있었다. 그동안 전개됐던 도객들 간의 대결을 기록해 놓은 대전일지로 보였다.

서책에 몇 줄을 기록하던 낙혼비뢰가 눈썹을 슬쩍 치켜 올렸다.

"시작됐다!"

일순 궁사철과 붕악패도의 몸에서 눈부신 광휘가 뿜어졌다. 동시에 두 사람의 모습이 스러지며 번갯불 같은 도기가 교차되었다.

"차앗!"

붕악패도의 대두도가 내리꽂히며 반석 위를 타고 강력한 도기가 파고들었다. 폭음과 함께 반석이 요동치면서 돌가루가 튀어 올랐다.

궁사철은 유려한 보법으로 패력이 담긴 도기를 피하고는 날렵하게 솟구쳐 올랐다.

"은하를 가로지른 별이 유성우로 쏟아진다!"

슈슈슉!

궁사철의 묵도가 무수한 칼 그림자를 연출하며 칠 장 이내를 뒤덮었다. 궁사철이 구결을 읊은 대로 칼 그림자가 유성처럼 쏟아지며 사람의 모습은 보이지 않고 칼 빛만 번득였다.

수십 개의 칼 그림자가 꼬리를 물고 내리꽂히는 순간 붕악패도는 힘차게 대두도를 회전시켰다.

"폭풍은 대지를 강타하고 낙뢰는 하늘을 진동시킨다!"

대두도에 발출된 도기가 거대한 방패를 형성하며 양측의 칼이 처음으로 충돌했다.

퍼퍼펑!

연이은 폭음이 울려 퍼지며 반석이 요동쳤고, 계수가 휘감겨 오르며 물기둥을 형성했다.

도영은 난생처음 대하는 절정급 고수들의 격돌에 입을 다물지 못했다.

'아, 모습이 보이지 않아!'

그러했다. 궁사철의 묵도는 시종 어지럽게 허공을 수놓았고, 붕악패도의 대두도는 굉음을 발하는 도기를 쏘아 올렸다. 그런 와중에 지상과 허공으로 교차하는 그들의 신법은 아직 강호에 입문조차 하지 못한 도영의 안목으로는 쫓기가 쉽지 않았다.

짧은 시간 동안 두 사람의 도객은 십여 초를 교환했다.

차차창!

날카로운 금속성이 울려 퍼지면서 도기와 광풍이 반석 위를 휩쓸었다.

이 순간 도영의 뇌리 속에 하나의 선명한 그림과 다섯 줄의 구결이 주마등처럼 스쳐 지나갔다.

백팔번뇌도 중에서 마흔세 번째 그림.

어리석고[痴] 어리석도다[痴]

얻고자 함을 버리지 못함이니

모든 것을 잃은 후에야 얻으리라.

어리석은 자는 눈으로 세상을 보고

지혜로운 자는 마음으로 세상을 본다.

일순 도영은 지상을 향해 뿌려내는 궁사철의 현란한 도법에서 약간의 허점을 발견하게 되었다.

어떻게 그것을 찾아냈는지 몰라도 광휘를 발하며 쏟아지는 도기 사이로 궁사철의 모습을 분명하게 볼 수 있게 된 것이다.

'아, 이제는 두 사람의 움직임이 보이네.'

그는 찰나지간 떠오른 치도(痴圖)의 구결을 되새기며 짜릿한 쾌감에 젖었다. 전혀 예상치 않은 심득을 통해 개안(開眼)하게 되었으니 실로 감격스런 성취였다.

하지만 조금도 내색해서는 안 되기에 그는 가슴 뛰는 흥분과 감동을 마음속으로 삭여야 했다.

다시 십 초 정도가 지났을까.

낙혼비뢰가 붓을 내려놓으며 나직이 중얼거렸다.

"둘째의 환도(幻刀)가 예전보다 조금 진척이 있었군."

도영도 내심 그 말에 동조했다. 그가 보기에도 붕악패도의 도법에서 더 많은 허점이 발견된 것이다.

이때 바닥으로 내려선 궁사철이 붕악패도의 도기 속으로 파고들면서 묵도를 휘둘렀다.

차앙……!

한차례 금속성이 터지면서 나직한 신음이 흘러나왔다.

"으음……!"

붕악패도가 어깨를 감싸 쥐며 비틀비틀 두 걸음을 물러섰다. 손가락 사이로 흘러나오는 피가 가슴까지 적셨다.

궁사철은 얼른 묵도를 회수했다.

"괜찮은가, 셋째?"

붕악패도는 애써 미소를 지으며 포권을 취했다.

"한 수 잘 배웠소, 둘째 형. 지난번 대결에서 득수한 이후 소제가 너무 자만했던 것 같소."

"허허, 아닐세. 우형의 체면을 살려주려 한 것 같군."

대결을 마친 두 도객은 서로 덕담을 나누며 세 명의 관전자 쪽으로 다가섰다.

낙혼비뢰는 대전일지를 궁사철에게 넘겨주었다.

"이제 내가 넷째와 겨뤄보겠다."

그가 두 팔만을 이용해 반석 위를 미끄러지자 도영이 걱정이 되어 한마디 했다.

"제대로 운신도 못하면서 어떻게 싸우려고……."

궁사철이 그의 우려를 일축했다.

"인석아, 대형의 비도술은 독보적이다. 우리 셋이 합공해도 대형을 감당하기 어려우니 네가 걱정할 일이 아니다."

"그 정도란 말이오?"

도영이 눈을 휘둥그레 뜨자 궁사철이 진지하게 말해주었다.

"만일 대형이 전설의 탈명전광비를 수중에 넣었다면 칼의 전설 중 비도의 전설이 재현되었을 것이다."

고죽섬혼이 대결에 나서기 위해 죽도를 쥐고 반석 중앙으로 향했다.

한데 이때였다.

폭포수 아래에서 장소성이 울려 퍼지며 한 사람이 치솟아올랐다.

"우우우—!"

사자후와 같은 외침에 도영은 심장이 터질 것만 같아 귀를 틀어막아야 했다.

일순 네 도객의 표정이 심각하게 굳어졌다.

붕악패도와 고죽섬혼은 낙혼비도를 호위하듯 좌우로 지켜섰고, 궁사철은 도영을 이끌고 그들 뒤로 물러섰다.

도영은 비로소 사자후를 발한 사람이 도객들의 동료가 아님을 인식하게 되었다.

'야우칠도와 무관한 사람이란 말인가?

第十章
통합의 절기, 은천야우칠절식
(隱天野愚七絶式)

刀皇
1

　반석 위로 내려선 사람은 여인처럼 단아한 모습의 청년이었
다.

　청년의 눈썹은 그린 듯 가늘었고, 콧날이 오뚝했으며, 입술
은 연지를 바른 듯 붉었다. 언뜻 남장여인으로 착각할 정도였
지만 자부심으로 가득한 입꼬리며 세상을 깔아보는 듯한 눈빛
이 결코 여인으로는 생각되지 않았다.

　청년은 질 좋은 자의를 걸치고 금색 요대를 둘렀다.

　허리춤에 검을 찼는데 검집에 박힌 화려한 보석으로 미루어
범상치 않은 보검으로 짐작되었다.

　나이는 대략 이십 세 남짓.

　청년으로는 앳된 나이지만 턱을 치켜든 모습에서 지나친 오

만함이 엿보였다. 그는 자색 보따리를 하나 들고 있는데 안에서 배어 나온 핏물이 똑똑 떨어지고 있었다.

청년은 느릿느릿 걸음을 옮겨 도객들에게 다가섰다.

보기에는 답답할 만큼 느려 보였지만 움직임은 바람처럼 빨라 어느새 도객들 앞에 이르렀다.

자의청년이 열 보 앞에서 멈춰 서자 붕악패도가 눈을 부라리며 외쳐 물었다.

"네놈은 대체 누구냐?"

자의청년은 사대도객과 도영을 한번 훑어보고는 여인처럼 간드러진 음색으로 응수했다.

"호홍, 내가 누구인지가 중요하오?"

"신분을 밝히기가 두려운 것이냐?"

"내 신분을 알고자 한다면 그만한 자격이 필요하오."

그의 오만한 태도에 심기가 틀어진 붕악패도의 송충이눈썹이 꿈틀했다.

"네놈은 이곳을 어떻게 알고 찾아온 것이냐?"

"사실 여산 입구에서 만난 자가 말해주었소."

"뭐야?"

"그자는 자신을 야우칠도 중 웅풍철도(雄風鐵刀)라 하였소. 이 사람이 맞나 확인해 보시오."

청년은 손에 쥔 보따리를 붕악패도 앞에 던져 주었다.

보따리 주둥이가 열리며 물건 하나가 굴러 나왔다. 끔찍하게도 목이 잘린 사람의 수급이었다.

고슴도치수염을 기른 중년인은 눈을 부릅뜨고 있었다. 죽은 지 얼마 되지 않은 듯 아직 목에서 피가 흘러나오고 있었다.

수급을 본 사대도객은 경악했다.

"막내야!"

"허억! 이럴 수가?"

섭물진기로 수급을 끌어들인 낙혼비도는 눈조차 감지 못하고 고혼이 된 의형제의 눈을 감겨주었다.

"크으, 철도! 네가 죽다니……!"

너무도 충격적인 상황에 감정을 자제하지 못한 붕악패도가 괴성을 지르며 달려들었다.

"이놈—!"

극도로 격분한 붕악패도의 대두도에서 불꽃같은 도강이 뿜어졌다.

"철도의 복수다!"

강력한 패력을 담은 도강이 폭풍처럼 자의청년을 향해 날아들었다. 별호 그대로 산악을 무너뜨릴 엄청난 위력의 도강으로 앞서 궁사철과 비무할 때와는 비교도 안 될 강력한 도법이었다.

그러나 무시무시한 도강이 엄습하는 와중에도 자의청년은 여전히 오만한 미소를 입가에 매달고 있었다.

콰아앙!

요란한 폭음이 터지며 반석 전체가 요동쳤다. 패도에 강타당한 반석은 한 자 깊이로 파였으며 희뿌연 연기를 모락모락 뿜어냈다.

도영은 자의청년이 형체도 찾아볼 수 없을 정도로 박살 났다고 확신했다.

'오만한 자식, 잘 죽었다!'

한데 파괴의 현장에 온전하게 서 있는 자의청년을 본 그는 그만 입을 딱 벌리고 말았다.

'뭐, 뭐야? 죽지 않았어?'

주변이 온통 벼락을 맞은 듯 파괴되었지만 자의청년은 옷깃 하나 상하지 않았다. 바닥이 붕괴되면서 허공을 딛고 섰지만 마치 반석을 밟고 있는 것처럼 편안해 보였다.

낙혼비뢰의 입에서 무거운 신음이 흘러나왔다.

"으음, 이형환위(移形換位)!"

전설적 신법으로 불리는 이형환위.

순간적으로 십수 장 밖으로 이동했다가 본래의 위치로 되돌아오는 초상승 신법이기에 이를 따라잡을 수 있는 무공은 극히 드물다.

붕악패도는 상대의 놀라운 신법에 잠시 격분했던 감정을 자제했다.

상대가 이형환위를 전개했다면 최하 백 년 공력을 넘어선 초절정고수임을 인정해야 하기 때문이다. 자의청년의 젊은 나이를 감안한다면 이렇듯 심후한 공력을 보유했다는 것만으로 경이 그 자체였다.

자의청년은 허공을 미끄러져 붕악패도 앞에 내려섰다.

"당신의 패도적인 도강을 보니 야우칠도 중 붕악패도인 것 같군."

"그렇다! 네놈이 우리 형제를 해친 이상 살려 보내지 않겠다!"

"패도, 나는 웅풍철도를 죽일 생각이 전혀 없었소. 그저 도객들의 경연을 참관하려 했을 뿐인데 나를 너무 무시했으며 먼저 나를 죽이려 했소. 난 정당한 대결을 펼쳐 고통없이 철도의 목을 벤 것이오. 싸우다 죽는 것이 무인의 명예임을 감안하면 그의 죽음은 부끄럽지 않았소."

정당한 대결을 강조하는 자의청년의 태도에 붕악패도는 더욱 분노했다.

"오냐! 나 또한 정당한 대결로 네놈의 목을 베겠다! 그래도 어떤 놈인지는 알아야 하니 네놈의 이름이나 밝혀라!"

"내 이름을 그렇듯 알고 싶소?"

자의청년은 도객들을 쓸어보다가 도영에게 시선을 고정시키고는 흥미로운 눈빛을 띠었다.

"내 이름은 태사건(太師乾)이오."

"태사건? 들어 보지 못한 이름인데?"

"그럴 거요. 내가 강호로 내려선 지 얼마 되지 않았으니 말이오. 하지만 머지않아 내 이름이 천하를 진동하게 될 것이오."

"사문은 어찌 되느냐?"

"그것참……."

태사건은 잠시 뜸을 들이고는 자부심에 찬 어조로 내뱉었다.

"난 십절무제(十絶武帝)의 제자요."

태사건이 사문을 밝히자 네 도객은 충격에 젖고 말았다.

"십절무제… 의 제자란 말이냐?"

"네가 중원일비(中原一秘)의 후예?"

강호사에 대해 아는 바가 거의 없는 도영으로서는 십절무제가 얼마나 대단한 존재인지 알 수가 없었다. 하지만 도객들의 얼굴에 서린 경각심만으로 이들이 얼마나 긴장했는지 짐작할 수 있었다.

낙혼비뢰가 침중한 어조로 뇌까렸다.

"태사건, 우리 형제들은 모두 네 사부와 구원(舊怨)이 있다. 그것을 알고 네가 일부러 찾아온 것이냐?"

"호홍, 내 사부님께 패한 고수들이 어찌 당신들뿐이겠소? 야우칠도가 과거 쟁쟁한 명성을 떨친 도객인지는 몰라도 내 눈에는 그저 패배자에 불과하오. 사실 전혀 의도하지는 않았는데 도객들이 경연에 대한 정보를 듣고 호기심이 동해 찾아온 것이오. 뭐, 보다 솔직하게 말하면 야우칠도를 굴복시켜 내 존재를 세상에 널리 알리고 싶은 심정인 것이 사실이오."

태사건은 도객들을 쓸어보며 한껏 건방을 떨었다.

"당신들이 합공을 펼치겠다면 나도 전력을 다하겠소. 하지만 각기 도전해 온다면 당신들이 불구의 몸임을 감안해 내 스스로 공력을 억제하겠소. 그래야 공평한 대결이 되지 않겠소?"

지독한 모욕에 붕악패도의 감정이 폭발했다.

"어린 새끼가 십절무제의 후광을 믿고 너무 설쳐 대는구나! 네놈과 대결하는 데 우리가 굳이 합공을 펼치겠느냐? 나 혼자만으로 충분하다!"

태사건은 붕악패도의 파면을 직시하고는 간드러진 웃음을 흘렸다.

"호홍, 당신 얼굴은 사부님의 현극천관파(玄極天串破)에 훼손된 거로군. 그렇다면 내상이 깊어 과거에 비해 패도의 위력이 현저하게 약해졌을 거야."

그는 자신의 혈도 네 곳을 점했다.

"내 오성 공력으로 상대해 주겠소."

"어린 새끼, 네가 자초한 일이니 나를 원망 마라!"

붕악패도는 힘찬 기합을 내지르며 대두도를 내려쳤다.

평소 같으면 상대가 공력을 접어주는 불평등한 대결에 아예 응하지 않았겠지만 지금은 너무 격앙돼 감정을 자제할 수가 없었다.

불꽃같은 도강이 반석 위를 가르며 폭풍처럼 몰아쳤다. 상대가 과거 자신을 패배시킨 십절무제의 제자이기에 그로서는 혼신의 공력을 기울인 일 초였다.

콰콰콰―!

견고한 반석이 두 자 깊이로 파이며 연쇄적으로 폭발해 올랐다. 부딪치는 모든 것을 파괴할 패도적인 도강의 위력이었다.

이 순간 혼신강기로 몸을 보호한 태사건이 도강 속으로 뛰어들었다.

번쩍!

도영은 눈알이 시리도록 강렬한 섬광에 손으로 눈가를 가렸다. 이어 폭음이 터지면서 세상의 빛을 압도한 회색 섬광이 스러졌다.

겨우 시력을 회복한 도영은 얼른 장내 상황을 살펴보았다.

붕악패도가 발출한 도기는 태사건의 좌우를 스치며 칠 장 밖까지 깊숙한 흔적을 만들어냈다.

철격!

태사건은 한 뼘 정도 꽂은 검을 마저 꽂았다.

붕악패도는 대두도를 내려친 자세 그대로 굳어 있었다. 한데 그의 목덜미를 따라서 가는 혈흔이 형성되었다. 혈흔은 더욱 짙어지더니 곧바로 피를 뿜어냈다.

퍼억……!

목이 꺾이면서 붕악패도는 옆으로 풀썩 쓰러졌다.

또 하나의 죽음.

웅풍철도에 이어 붕악패도마저 목 없는 고혼이 된 것이다.

도영은 자신의 눈을 믿을 수가 없었다. 어느새 검을 뽑아 붕악패도의 목을 벴단 말인가

도영은 충격에 젖어 눈을 부릅떴다.

'이, 이것이 쾌검이란 말인가?'

태사건은 구멍이 송송 뚫린 장삼 여러 곳을 살피고는 고개

를 흔들었다.

"내가 너무 경솔했군. 비록 공력이 감퇴되었어도 명색이 야우칠도의 일원인데 오성 공력은 너무 경솔했어. 육성 공력으로 상대했다면 적당할 뻔했어."

두 명의 형제를 연이어 잃은 삼대도객은 침묵했다.

비통함과 분노 속에서도 감정이 흔들리지 않은 것은 오랜 세월 많은 죽음을 보아왔기 때문이다.

이 과정을 지켜보던 도영이 앞으로 나섰다. 그는 붕악패도의 수급을 가슴에 안고 태사건을 직시했다.

태사건은 도영을 훑어보고는 조소를 머금었다.

"호홍, 보아하니 야우칠도의 제자쯤 되나 보구나?"

"난 야우칠도의 제자가 아니다."

"하면 야우칠도의 시중이나 드는 종이냐?"

"난 도영이다."

"그래, 도영. 한 가지 충고할까? 세상 사람들이 나처럼 자상하지는 않다. 그렇게 눈깔 까뒤집고 쏘아보았다가는 눈알이 뽑히거나 목이 달아나지. 다음에 만나면 내 앞에서 조금 더 공손해라. 알겠느냐?"

도영은 태사건의 비아냥대는 충고를 일축했다.

"공손해야 할 사람은 너다. 네가 얼마나 강한지 몰라도 내가 상대해 주겠다!"

도영은 등에 멘 여명도의 손잡이를 쥐었다. 한데 그가 칼을 채 뽑기도 전에 태사건의 발길질이 날아들었다.

퍼억!

가슴팍을 걷어차인 도영은 호흡이 턱 막히는 것을 느끼며 나가동그라졌다.

궁사철이 급히 그를 부축해 안으며 태사건을 질책했다.

"이놈, 무공도 모르는 어린아이에게 이 무슨 잔악한 짓이냐?"

태사건은 나른한 표정으로 귀밑머리를 내리쓸었다.

"어린놈이기에 봐준 거요. 그렇지 않았다면 내 앞에서 건방을 떠는 것만으로 쪼개졌을 테니까."

낙혼비뢰는 도영의 손에 들린 붕악패도의 수급을 건네받고는 혈도를 쳐서 기혈을 안정시켜 주었다.

"네가 나설 자리가 아니었다. 공연히 개죽음을 당할 뻔했구나."

간단히 도영을 날려 버린 태사건이 궁사철과 고죽섬혼을 쓸어보고는 손짓했다.

"이번에는 두 분의 칼질을 견식해 보겠소."

"오냐, 네가 도전해 오지 않아도 내가 도전할 참이었다."

궁사철은 낙혼비뢰를 향해 정중히 예를 표했다.

"대형, 중원일비를 향한 구원은 그의 제자 놈에게 해소해야 할 것 같소."

"상대는 중원일비의 후예일세. 젊은 나이라고 무시하지 말고 섬혼과 함께 최선을 다해야 할 것이네."

"대형의 지시에 따르겠소."

　궁사철이 태사건의 왼쪽에 서자 고죽섬혼은 태사건의 오른쪽 방위를 밟았다.

　당대의 도객들이 합공을 나서기는 십수 년 전 중원일비와 대결한 이후 처음이었다. 그들이 이렇듯 자존심을 굽히면서까지 전력을 다하려는 것은 그만큼 태사건의 초절한 무공을 인정했기 때문이다.

　태사건은 두 도객을 상대하는 와중에도 오만을 떨었다.

　"환명유절의 도법은 화려하나 한쪽 눈을 잃으면서 과거의 현란한 변화를 상실했고, 고죽섬혼은 오른팔이 잘리면서 좌수도(左手刀)로 변신했지만 예전의 쾌속함을 잃었다고 하더군. 이번에는 팔성 공력만으로 두 분을 상대해 보겠소."

　그는 두 곳의 혈도를 찍고는 간단히 포권을 취했다.

　"시작합시다."

　궁사철과 고죽섬혼은 지독한 모욕을 받았지만 냉정을 유지한 채 각자 최고조의 공력을 운집했다.

　낙혼비뢰는 부공술을 전개해 도영과 함께 십 장 뒤로 미끄러졌다.

　도영은 태사건을 쏘아보며 차갑게 내뱉었다.

　"노인장까지 합세해 놈을 죽여 버리는 것이 낫지 않겠소?"

　"중요한 것은 삶과 죽음 따위가 아니다. 더군다나 강호의 후배를 상대로 어떻게 삼 대 일의 대결을 펼칠 수 있겠느냐? 과거 중원일비와 대결할 때도 우리 야우칠도는 두 명 이상 나서지 않았다."

“중원일비라는 사람은 대체 누구요?”

“그의 별호가 왜 십절무제이겠느냐? 그는 내공과 병기술에 두루 능한 절대고수다. 수많은 검수들과 도객, 무사들이 십절무제에게 도전했다가 패했지. 노부가 알기로 그는 백 년래 최강의 무신(武神)이다.”

“무신이 아니라 마왕이라 해야 맞을 것 같소. 자신의 무공을 과시하기 위해 상대를 불구자로 만들었다는 것은 사악하기 때문이 아니겠소?”

한데 낙혼비뢰는 오히려 도영의 신랄한 비난을 반박했다.

“십절무제가 자비로운 군자가 아닌 것은 확실하다. 하지만 네가 생각하는 것만큼 사악한 마왕은 아니다. 오히려 그를 꺾고 천하제일의 명성을 차지하기 위해 도전하려 했던 수많은 무사들이 무모했다고 봐야 한다.”

“노인장의 두 다리를 벤 자를 왜 두둔하는 거요?”

“내 다리는 십절무제가 벤 것이 아니다.”

“하면……?”

“노부 스스로 벤 것이다.”

“……!”

도영은 그만 할 말을 잃었다.

낙혼비뢰의 눈빛이 아련한 회상에 젖어들었다.

“노부는 패배를 당하기 전까지 비도술로 수많은 고수들을 쓰러뜨렸다. 그들 대부분 죽거나 치명상을 당했지만 노부는 그것을 당연한 결과라고 여겼다. 무인으로서 패배를 당하면

차라리 죽는 것이 낫다는 독선적인 오만에 빠져 있었던 것이
지. 한데 막상 십절무제에게 패했을 때… 노부는 명예롭게 죽
지 못했다. 내 목을 베는 대신 두 다리를 베는 것으로 구차하
게 살면서 훗날의 설욕을 모색한 것이다.”

도영은 혼란스러움에 빠져 머리가 뜨거워졌다.

“나는 아직 모르겠소. 명예라는 것이 죽음보다 소중할 만큼
가치가 있는지… 왜 죽지 못해 사는 것을 부끄러워해야 하는
지 모르겠소.”

“도영아, 세상을 알기에 너는 아직 어리다. 그러나 죽음에
연연하기보다는 의연함이 오히려 네 자신을 지킬 수 있다는
애기만은 꼭 해주고 싶구나. 의연함을 지킨다면 적어도 후회
는 없다.”

“의연함… 그 말씀 명심하겠소.”

도영은 진심으로 낙혼비도의 충고를 가슴에 새겼다.

낙혼비도는 잠시 숙고하다가 어깨에 멘 바랑을 도영에게 건
네주었다.

“잠시 지니고 있어라. 노부마저 쓰러지면 이 대전일지를 일
월쌍천도(日月雙天刀)에게 건네다오.”

“일월쌍천도 역시 야우칠도의 일원이오?”

“그렇다. 다섯째와 여섯째로서 우리 형제 중 최강이라 할 수
있다. 그들은 새로이 도법을 연마 중이라 이번 회합에 참가하
지 않았다.”

낙혼비뢰는 반석 위에 놓인 두 도객의 수급으로 시선을 돌

리고는 무겁게 탄식했다.

"만일 쌍천도가 참가했다면 두 아우가 이렇듯 속절없이 죽지는 않았을 것을……."

"일월쌍천도가 그렇듯 강하오?"

"우리 칠도의 무공은 대등하다. 하지만 일월쌍천도는 쌍둥이라 처음부터 합격술을 연마했기에 그들의 함께 펼치는 일월쌍천도법은 우리 야우칠도 중 최강이라 할 수 있지."

도영은 일촉즉발의 상황까지 진기가 운집된 세 사람 쪽을 바라보았다.

"그들이라면 저 오만한 놈을 죽일 수 있겠소?"

낙혼비뢰는 잠시 뜸을 들이다가 무거운 어조로 대답했다.

"자신할 수 없다. 일단 유절과 섬흔의 대결을 지켜보자."

궁사철의 묵도에서 다섯 자 길이의 도기가 분출되었다. 바람도 없건만 그의 옷자락이 세차게 나부꼈다. 최고조의 공력을 운집한 현상이었다.

고죽섬흔은 왼손을 늘어뜨린 채 시선을 태사건에게 고정시키고 있었다. 쾌도는 공력보다는 집중력이 요구되기에 그는 발도술에 모든 신경을 기울이고 있었다.

태사건의 표정도 붕악패도와 단독 대결을 펼칠 때와 달리 다소 굳어져 있었다.

상대가 둘인 데다 좌우로 갈라져 있다 보니 쾌검으로 응수하기도 쉽지 않은 상황임을 그도 인식하고 있었다. 그러나 이런 와중에도 그의 입가에 맺힌 오만한 미소는 지워지지 않고 있었다.

마침내 짤막한 기합성과 함께 궁사철이 선제공격을 전개했다.

"차앗!"

그의 묵도가 허공에서 원을 그리며 무수한 칼 그림자를 만들어냈다. 칼 그림자는 맹렬한 소용돌이를 일으키며 태사건을 향해 폭우처럼 쏟아져 내렸다.

붕악패도의 도법처럼 파괴적이지만 않았지만 시야를 어지럽히는 현란한 칼 그림자는 최고 수준의 환도로서 손색이 없었다.

곧바로 고죽섬흔의 쾌도가 폭발했다.

번쩍!

아찔한 광휘에 도영은 눈알이 시려 고개를 돌려야만 했다.

앞서 태사건이 펼쳤던 절대적 쾌검에 비견될 광휘 속에 쾌도가 전개된 것이다.

이 순간 진기를 운집하고 있던 태사건이 쾌검을 발출해 고검섬흔과 쾌도를 막아냈다. 동시에 이형환위를 펼친 그는 유령처럼 사라졌다.

그 바람에 태사건을 사이에 둔 궁사철과 고죽섬흔의 합공은 중대한 차질을 빚게 되었다. 태사건이 사라지면서 두 도객은 서로를 향해 칼을 겨눈 모양이 된 것이다.

고죽섬흔은 급히 손목을 틀어 칼 그림자를 쳐냈다.

땅, 땅, 땅……!

궁사철도 환도를 회수하며 태사건의 반격에 대비했다.

도영은 예상치 않게 치도를 깨우치면서 안목이 높아졌지만 양측의 움직임이 워나 빨라 상황 파악이 쉽지 않았다.

이때 궁사철의 등 뒤로 내려선 태사건이 쾌검을 날렸다.

위기를 직감한 궁사철은 반사적으로 치숫아올랐고, 고죽섬혼이 뛰어들면서 쾌도를 발출해 태사건의 쾌검을 막아냈다.

두 도객은 특별히 합격술을 연마하지 않았지만 놀랄 만큼 조화를 잘 이루었다.

허공으로 치숫은 궁사철은 몸을 틀어 지상으로 내리꽂히며 연속적으로 칼 그림자를 뿌려냈다.

피피핑—!

쏟아지는 은빛 칼 그림자가 오 장 반경을 뒤덮었다. 태사건의 이형환위를 차단하겠다는 의도였다.

궁사철의 의도를 파악한 고죽섬혼이 벼락같이 날아들며 태사건의 목을 향해 쾌도를 그었다. 고죽섬혼으로서는 궁사철이 발출한 도형(刀形)에 전신이 관통될 각오를 하고 태사건과 양패구상을 노린 것이다.

상방과 전방의 강력한 합공.

일순 태사건의 눈가 근육이 씰룩거렸다. 찰나지간 그의 눈빛에 혈광이 번득이며 검극에서 벼락같은 검강이 발출되었다.

콰— 콰쾅!

엄청난 굉음이 터지며 여산 전체가 요동쳤고, 드넓은 반석이 쩍쩍 갈라지면서 폭발해 올랐다.

도영은 낙혼비뢰가 호신강기를 펼쳐 보호해 준 덕분에 충돌의 여파에서 온전할 수 있었다.

잠시 후 광풍과 번갯불이 스러지면서 장내 상황이 드러났다. 돌무더기로 뒤덮인 바닥에 두 구의 시신이 널브러져 있었다.

칼과 함께 팔이 으스러진 고죽섬혼은 가슴에 커다란 구멍이 뚫려 있었다. 벼락같은 검강이 쾌도를 파훼하고 고죽섬혼마저 관통한 것이다.

궁사철 역시 온전하지 못했다. 고죽섬혼처럼 참혹한 죽음은 피했지만 환도를 파훼한 강기의 파편이 스치면서 전신이 피투성이로 변한 것이다.

또다시 두 도객의 죽음.

야우칠도 중 다섯 도객이 경연에 참가했다가 모두가 죽고 이제 낙혼비뢰 혼자만 남게 되었다.

태사건은 두 도객의 합격에 약간의 부상을 당했지만 상대의 죽음에 비하면 터무니없이 가벼운 상처에 불과했다.

그는 자신의 상흔을 살피고는 미간을 찌푸렸다.

"중원일비의 제자로서 이런 부상을 당하다니… 사부님을 뵙기가 부끄럽군."

도영은 태사건의 무공에 대해 처음으로 인정하게 되었다.

'이놈… 정말 강하구나!'

낙혼비뢰는 도영의 어깨를 가볍게 다독였다.

"도영, 대전일지를 부탁하겠다."

둥실 떠오른 그는 부공술을 전개해 태사건과 마주 대치해
섰다.

태사건은 공력을 억제한 두 곳의 혈도를 타통시키고 복토혈
을 찍었다.

"낙혼비뢰의 비도술은 강호 일절이니 나도 십이성 공력으
로 맞서겠소. 대신 내 다리를 점혈해 움직이지 않겠소. 그래야
두 다리가 불편한 귀하와 대등한 대결이 되지 않겠소?"

그 말에 도영은 한 가닥 희망을 가슴에 품었다.

'그래, 놈이 강한 것은 유령 같은 신법 때문이다. 한데 두 다
리를 묶는다면 낙 노인이 이길 수도 있다.'

낙혼비뢰는 허리춤에 꽂은 비수에 양손을 얹은 채 가볍게
목례를 취했다. 연속적인 대결을 펼치고도 공평한 승부를 가
지겠다는 상대의 자부심에 대해 경의를 표한 것이다.

태사건은 검을 받쳐 든 자세로 공력을 운집했다.

도영은 비로소 태사건의 검을 자세히 살펴볼 수 있었다.

검신에 자색빛이 감도는 것으로 미루어 자금철(紫金鐵)이
합금된 검으로 보였다.

'자금철은 워낙 단단해 제련이 어려운데… 어떤 장인이 만
들었는지 몰라도 대단한 명검이로군.'

낙혼비뢰와 태사건.

두 사람의 대치는 앞선 대결에 비해 보다 길었다. 부공술을
펼쳐야 하는 낙혼비뢰는 지속적인 공력 소모로 불리한 상황이
지만 섣부른 공력을 삼갔다.

지금 승부를 가르는 것은 무공이 아니라 집중력이 흩어지는 실낱같은 허점이기 때문이다.

휘이이잉……!

계곡을 타고 바람이 불어오면서 나뭇잎 몇 개가 장내로 날아들었다. 무형의 기운에 나뭇잎이 조각나는 순간 낙혼비뢰가 비로소 공격을 펼쳤다.

낙혼비도는 팽이처럼 회전하며 동시에 열두 자루의 비수를 발출했다.

피피핑―!

빛으로 화한 열두 자루의 비수는 제각기 궤적을 그리며 태사건의 전신 요혈로 파고들었다. 한 자루만 적중해도 치명상을 피할 수 없기에 태사건으로서는 한꺼번에 열두 명을 상대하는 상황이었다.

태사건은 시선을 고정시킨 채 검만 휘둘렀다.

번쩍!

세상을 빛을 잠재우는 절대적 쾌검은 황홀한 궤적을 그리며 허공을 어지럽게 갈랐다.

땅, 땅, 땅……!

믿을 수 없게도 열한 개의 비수가 동시에 튕겨져 나가면서 재차 섬광이 교차했다.

허공으로 핏물이 튕기면서 낙혼비뢰가 풀썩 바닥으로 떨어졌다. 쾌검에 의해 얼굴에서부터 가슴까지 사선으로 그어진 채 절명한 것이다.

“으음……!”

태사건은 아픈 신음을 토하며 자신의 옆구리를 감싸 쥐었다. 낙혼비도가 날린 열두 자루의 비수 중 하나가 쾌검을 스치며 꽂힌 것이다.

태사건은 옆구리에 박힌 비수를 뽑았다. 요혈이 아니기에 심각한 부상은 아니지만 그가 받은 심리적인 충격은 적지 않았다.

“야우칠도 중 낙혼비도의 비도술이 강호 일절이라 하더니 역시 헛된 풍문이 아니었어.”

그는 비수를 바닥에 떨어뜨리고는 혈도를 찍어 지혈했다.

도영은 너무도 허탈했다.

아무리 삶과 죽음이 덧없는 강호무림이지만 도객들의 연이은 죽음은 그에게도 충격이 아닐 수 없었다.

태사건 앞으로 다가선 도영이 당당히 외쳤다.

“너와 겨루겠다! 내게도 공평한 대결의 기회를 줘라!”

태사건은 피식 실소를 흘리고는 몸을 돌렸다.

“호홍, 난 사람과 대결할 뿐이다. 너 같은 버러지는 강호의 잡배들과나 어울려라!”

“멈춰!”

도영이 뒤를 쫓았지만 오 장 거리는 좀처럼 좁혀지지 않았다.

둥실 떠오른 태사건은 도영을 내려다보며 조롱했다.

“내가 네놈을 살려두는 이유는 야우칠도 중 다섯이 죽은 과정을 누군가 입증해야 하기 때문이다."

도영은 허공을 향해 외쳤다.

"태사건, 네가 도객들을 쓰러뜨렸듯이 너도 내 손에 쓰러질 것이다!"

"호호홍!"

돌아온 것은 조롱에 찬 간드러진 웃음뿐이었지만 도영은 결연하게 다시 소리쳤다.

"기억해라! 내 이름은 도영이다! 도영이라고!"

태사건은 어풍비행술을 펼쳐 바람을 타고 저 멀리 날아갔다.

"기억해 두겠다, 도 버러지! 호호홍!"

태사건의 모습은 순식간에 폭포수에서 피어오르는 물안개 속으로 사라졌다.

도영은 비분함을 곱씹으며 주먹을 불끈 쥐었다.

"태사건, 버러지처럼 기어야 할 놈은 네가 될 것이다!"

호기롭게 외치기는 했지만 현실을 감안하면 너무도 요원한 바람이었다.

상대는 단신으로 다섯 도객을 쓰러뜨린 절세적 고수.

도법 한 초식도 제대로 구사할 줄 모르는 그가 무슨 수로 태사건과 맞설 수 있겠는가.

그는 문득 백팔번뇌도를 떠올렸지만 다섯 도객이 펼쳤던 경이로운 도법들과 비교하고는 고개를 저었다.

"놈은 내가 칼을 뽑기도 전에 목을 날려 버릴 것이다."

도영은 발을 끌며 궁사철에게로 다가섰다.

한데 전신이 난도당한 궁사철은 아직 숨이 끊어지지 않고 있었다.

"크으……!"

도영은 감격에 젖어 급히 다가앉았다.

"궁로, 살아 있었던 거요?"

급히 다가선 도영은 자신의 장삼을 벗어 궁사철의 몸을 덮어주었다. 조금이라도 출혈을 막아보려는 의도였다.

궁사철은 생기가 사라진 눈빛으로 도영을 올려다보았다.

"다행히 무사… 했구나."

"살인마는 떠났소."

"부끄럽구나."

궁사철의 눈꼬리를 타고 눈물 한 방울이 흘러내렸다.

도영은 가슴이 저렸지만 그의 얼마 남지 않은 시간을 감안해 최대한 감정을 자제했다.

"내게 달리 할 말은 없으시오?"

"쿨럭! 대형이 네게 준… 대전일지는 일월쌍천도 아우들에게 전해다오. 네게는 하찮게 보일지 몰라도… 우리 형제들에게는 소중한 기록이다. 쿨럭쿨럭!"

기침을 할 때마다 궁사철의 입에서 붉디붉은 선혈이 흘러나왔다.

"그리고… 바랑 안에 한 권의 책자가 더 있을 것이다."

도영은 바랑을 뒤져 얄팍한 책자를 한 권 꺼내 들었다.

“이것 말이오?”

“그래. 그 책자에는… 우리 야우칠도의 한이 서린… 은천야우칠절식(隱天野友七絶式)이… 담겨 있다.”

“은천야우칠절식이라면… 도법이 기재돼 있는 것이오?”

“오냐. 네가 도법을 배우고 싶다면… 도움이 될 것이다.”

“…….”

도영이 선뜻 대답하지 않자 궁사철의 미간에 짙은 그늘이 드리워졌다.

“후우, 패배자들의 도법이라… 싫은 것이냐?”

“그래서가 아니오. 야우칠도의 한이 서린 절기를 배우면 반드시 놈에게 복수해야 하는데… 내 능력이 미치지 못할까 그것이 부담스럽소.”

“네게 복수를… 요구하는 것이 아니다. 쿨럭! 우리의 절기가 소멸되지 않는다면… 그것으로 만족한다.”

“알겠소. 열심히 수련하겠소.”

“은천야우칠절식은… 아직 미완이다. 부족한 부분은 네가 보완해야 할 것이다. 쿨럭쿨럭!”

궁사철은 심한 기침을 토하며 몸을 부들부들 떨었다.

도영은 그의 손을 굳게 쥐며 자신의 비밀을 털어놓았다.

“궁로, 사실… 내가 궁로에게 거짓말을 한 것이 있소.”

“무슨……?”

“사실 백양목 수림에 새긴 원(怨) 자는 내 소행이었소.”

궁사설의 얼굴 근육이 심하게 씰룩거렸다.

"하면 네가… 잠밀문의 후예……?"

"아니요. 우연히 잠밀문의 후예를 만나 백팔번뇌도를 선사받게 되었소. 그리고… 나는 양주성의 천민 부락인 수서촌 출신이오."

"출신은… 문제되지 않는다."

"또 밝혀야 할 것 있소. 내가 매월 보름마다 출타한 연유는 포선산 승룡천에서 누군가를 만나기 위함이었소."

도영은 궁사철의 혼백을 조금이라도 더 붙들어놓기 위해 그가 관심있어하는 이야기를 늘어놓았다.

"우리 부락이 살인귀들에게 참화를 당했소. 연유를 따지면 백팔번뇌도이지만… 어쩌면 운명인 것 같소. 당시 내 양아버지인 도부와 헤어지게 되었는데… 만날 장소가 바로 승용천이었소."

궁사철은 힘겨워하면서도 도영의 애기를 주의 깊게 들었다.

"살인귀들이… 누구냐?"

"천외마국이라… 알고 있소. 반드시 복수할 것이오."

일순 반쯤 감겨 있던 궁사철의 눈이 부릅떠졌다. 피에 젖은 그의 입술을 파르르 떨린다.

"천외마국! 그들이 다시… 출현했단 말이냐?"

"그 흉악한 놈들을 확실히 보았소. 대체 천외마국이 어떤 악귀들이오?"

궁사철은 입술을 몇 번 달싹이다가 무거운 한숨을 내쉬었다.

"신비와 공포의 마도 집단… 나도 그 이상은 모른다."

최후의 생명지기마저 소진되었는지 궁사철의 눈에서 초점이 사라졌다.

도영은 궁사철의 손을 꼭 쥐었다.

"내게 부탁할 것이 있으면 말해 보시오. 내 능력이 닿는 한 들어 드리겠소."

궁사철의 손이 급속도로 차가워지면서 경련을 일으켰다.

"도영아… 백팔번뇌도가… 너를 지켜줄 것이다……."

"명심하겠소."

"원통해도… 천외마국과는… 가급적 맞서지 마라. 커어억!"

크게 숨을 들이켜고 궁사철은 그 상태로 고개를 꺾었다.

절명.

이로써 야우칠도 중 일월쌍천도를 제외한 다섯 도객이 죽고 말았다.

2

도영은 양지 바른 산비탈을 파고 네 도객과 웅풍철도의 수급까지 안장해 주었다. 수의와 관은 생각할 수도 없기에 돌비석 하나를 세워주는 것이 도영이 현재 할 수 있는 전부였다.

도객들의 장례를 마친 도영은 계수변에 걸터앉아 낙혼비도가 건네준 바랑을 열어보았다.

바랑 안에는 예전에 기록해 놓았던 것까지 합쳐 총 세 권의 대전일지가 들어 있었다. 대전일지 외에도 지도 몇 장과 약간

의 은자도 함께 들어 있어 도영의 향후 행보를 가볍게 해주었
다.

도영은 대전일지를 첫 권서부터 펼쳐 보았다.

최초 기록된 날짜를 계산해 보니 십칠 년은 족히 넘은 것 같
았다.

"내 나이보다 더 오래된 기록이로군."

대전일지에는 야우칠도가 번갈아 대결하면서 전개한 초식
이 그림과 함께 수록돼 있었다. 야우칠도의 도법은 제각각이
라 일곱 명의 도법을 모두 파악하고 분석하기란 쉽지 않은 일
이었다.

도영은 대전일지를 내려놓고 은천야우칠절식이 기재된 책
자를 펼쳐 보았다.

…그동안의 대결과 수련을 토대로 야우칠도의 도법을 응집한 절
기를 창안하는 데 성공했다. 우리는 그 절기를 은천야우칠절식(隱
天野愚七絶式)으로 이름 지었다…….

일곱 도객이 머리를 맞대고 창안한 절기는 칠 초에 불과했
지만 다양한 도법들이 융합되어서인지 하나같이 강력한 위력
을 담고 있었다.

은천야우칠절식 제일초 무풍섬(無風閃).

이것은 바람처럼 접근해 상대의 숨통을 끊는 초식이다. 쾌
도에 가깝지만 도법보다는 보법이 더 중시되는 수법이었다.

　도영은 제육초 혈해분참(血海分斬)에 이어 최후 일식인 천지멸절(天地滅絶)까지 숙지하고는 은천야우칠절식을 뇌리에 새겼다.

　현묘한 백팔번뇌도까지 모두 암기한 그였기에 은천야우칠절식을 뇌리에 새기는 데는 그리 오래 걸리지 않았다.

　도영은 잠시 고심하다가 세 권의 대전일지를 여러 겹 싸서 돌무덤 안에 묻었다. 대전일지는 부피가 커서 그가 소지하고 다니기가 쉽지 않은데다 행여 도적이라도 만나면 현재로서는 지킬 자신이 없었다.

　"훗날 일월쌍천도를 만나게 되면 여산의 돌무덤을 알려주면 자연스럽게 대전일지를 넘겨줄 수 있다. 대전일지는 그들이 살아 있는 한 계속 쓰일 거야."

　콰류류……!

　삼십 장 높이의 폭포로 물줄기가 떨어지는 광경은 장관이었다.

　도영은 자욱하게 피어오르는 물안개를 바라보며 잠시 생각에 잠겼다.

　궁사철이 죽었으니 이제 대장간으로 돌아갈 이유가 없었으며 가고 싶지도 않았다. 또한 매월 보름날의 약조에 대해서도 달리 생각하게 되었다.

　"이미 반년 세월이 흘렀다. 도부나 초 아저씨가 약속을 지킬 상황이었다면 진작 찾아왔을 것이다. 하지만 여태 찾아오지 못했다면 그만한 사연이 있다고 봐야 한다."

도영은 낙조에 물든 하늘을 올려다보았다.

"너무 승룡천에만 집착하지 말자. 도부와 만날 운명이라면 승룡천이 아닌 다른 곳에서도 재회할 수 있을 테니까. 어쩌면 양주를 찾아가 부락 상황을 보다 상세하게 알아보는 것이 더 빠를지 몰라."

그것이 현명한 판단이지만 당장은 갈 수 없는 처지였다.

부락 참화 이후 고작 반년이 흘렀을 뿐이다. 해가 바뀌어 열여섯 나이가 되었지만 그의 모습은 크게 변모하지 않았다. 무엇보다 수서촌을 당당히 찾아가기에 아직 그의 힘은 미약했다.

"시간이 필요해. 내 존재가 잊히고 내 모습이 완전히 바뀌기 전에는 함부로 부락에 접근해서는 안 된다."

도영은 깊이 고심하다가 결단을 내렸다.

"그래, 양주성 부근만 아니라면 두려울 게 없다. 세상으로 나가자. 사람들과 접해 보고 세상에 대한 정보도 필요해."

『도황』 제2권에 계속…

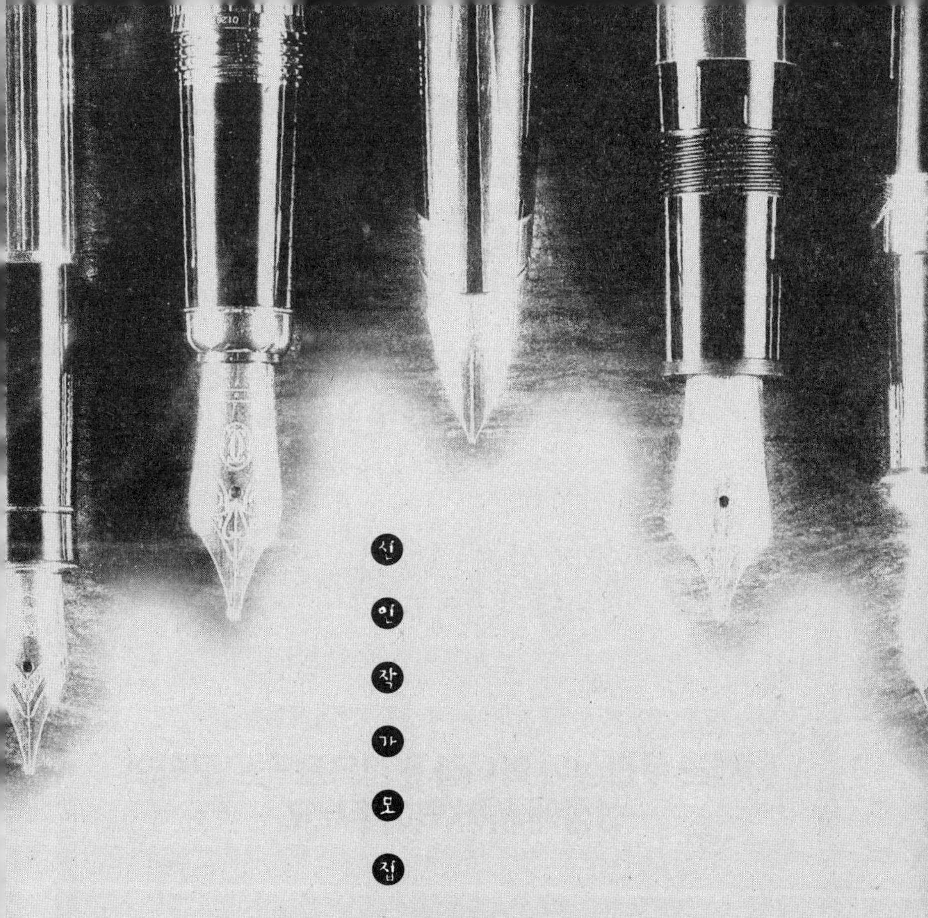
신

인

작

가

모

집

시작이 반이라고 했습니다.
작가의 길에 대한 보이지 않는 벽을 과감히 깨뜨리십시오!
청어람은 작가 지망생 여러분들의
멋진 방향타가 되어드리겠습니다.

저희 도서출판 청어람에서는
소설 신인 작가분들을 모집합니다.
판타지와 무협을 사랑하시는 분들의 많은 참여를 바랍니다.
소정의 원고(A4용지 150매)를 메일이나 우편으로 보내주시면
검토 후 출판 여부를 알려드리겠습니다.

주소:경기도 부천시 원미구 심곡1동 350-1 남성B/D 3F 우편번호420-011
TEL:032-656-4452 · FAX:032-656-4453
http://www.chungeoram.com
e-mail:chungeoram@chungeoram.com

저작권 보호!!
장르문학의 성장에 힘이 되어주십시오.

저작물의 무단 전재와 복제, 불법 다운로드!
이것은 관심이 아니라 무관심입니다!

작가님들은 창의적 열정과 시간을 투자해 자신의 꿈과 생계를 유지합니다.
한 권의 책을 만들어 많은 사람들은 자신의 인생과 미래를 설계합니다.

저작물 속에는 여러 사람의 노력과 희망이
담겨 있습니다!

저작물의 무단 전재와 복제, 불법 다운로드는 여러 사람들의 꿈과 생계를
위협함으로써 장르문학을 심각한 상황에 빠뜨리고 있습니다.

이제는 무관심이 아니라 관심으로 장르문학의
성장에 힘이 되어주세요.

[도서출판 **청어람**은 항시적인 저작권 보호를 통해 장르문학과
여러분의 희망을 지키겠습니다.]

저작물의 무단 전재와 복제, 불법 다운로드는 법률에 의해 처벌받을 수 있습니다.
저작권법 제97조의5 (권리의 침해죄)
저작재산권 그 밖의 이 법에 의하여 보호되는 재산적 권리(제73조의 4의 규정에 의한 권리를
제외한다)를 복제ㆍ공연ㆍ방송ㆍ전시ㆍ전송ㆍ배포ㆍ2차적 저작물 작성의 방법으로 침해한
자는 5년 이하의 징역 또는 5천만 원 이하의 벌금에 처하거나 이를 병과(동시에 두 가지 이상의
형벌을 지우는 일)할 수 있다.

도서출판 **청어람**

문피아 연재 시 화제를 불러일으켰던 바로 그 작품!
비장미로 감싼 전율적인 마도의 영웅 서사!

화산을 불태우고 무당을 짓밟았노라.
소림을 멸문시키고 대정(大正)의 뿌리를 멸종시켰노라.
강호는 이런 나를 잔인하다고 말하지 말라.
참된 용사는 마인으로 배척되고
위정자가 영웅이 되는 세상이라면,
나는 아귀의 심정으로 칼을 들어 이 세상을 열 번도 더 파멸시키겠노라.

아비의 혼을 가슴에 품고 무너진 마도의 뜻을 바로 세우기 위해
훗날 위대한 마도의 종사가 될 무인이 일어선다!

마도종사 능비, 그의 전설에 주목하라!

대호산의 다섯 산적이 자칭 천하제일인을 만난다.

괴노 마효(魔梟)!
그는 정말 천하제일인이었을까?
그의 화마경은 정말 천하제일무경일까?

인간의 마음속에 억압된 자아를 끌어내는 자(者)의 무공!
그 화마경의 세계로 다섯 산적이 뛰어든다.

"본래 사람 사는 세상이 화마의 세계인 거다."

유행이 아닌 자유추구 -
WWW. chungeoram.com
Book Publishing CHUNGEORAM

Knight Reload

마검전생

김재한 판타지 장편 소설

라할드 왕국 최연소이자 잃어버린 진실된 오러의 힘을 복원한
유일한 소드 마스터, 라곤 쿨란드!

오크들의 준동과 함께 나타난 최강의 흑기사는
라곤에게 씻을 수 없는 치욕과 절망을 안겨주지만……
그는 결코 쓰러지지 않는다.

"나를 죽이지 않고 살려둔 것을 후회하게 만들어주겠다!"

최고의 소드 마스터에서 마검으로의 재탄생!
절망에서부터 그의 도전은 다시 시작된다.

모든 검의 역사를 뒤엎을 위대한 마검의 일대기!

유행이 아닌 자유추구 -
WWW.chungeoram.com
Book Publishing CHUNGEORAM

마도협객전

백무진
新 무협 판타지 소설

魔道 客 俠傳

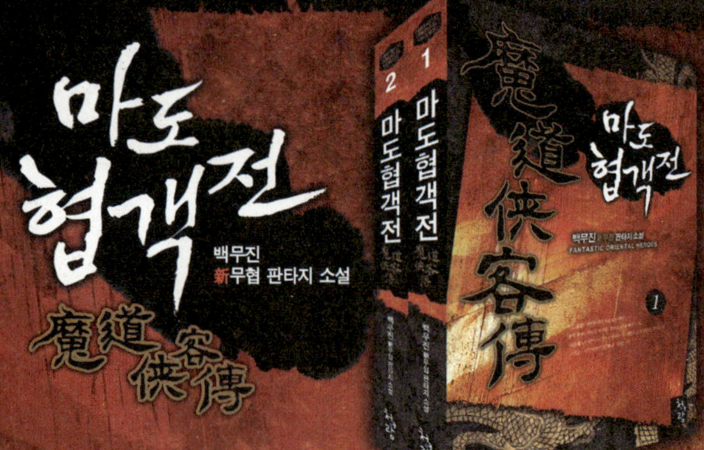

마도(魔道). 난폭하지만 자유로운 하늘.
협객(俠客). 약자를 지키고, 정의를 위해 싸우는 자.

마인(魔人)이면서 마인을 사냥하는 자.
마인으로서 마인을 지키는 자.
그리고… 마인이면서 협(俠)을 지키는 자.

마군지병(魔君之兵) 육마겸(六魔鎌)을 소유.
구룡성(九龍城) 오마(五魔) 중 살마(殺魔)의 후예.
진마(眞魔) 육영마군(六影魔君) 무진!

독보적인 마도협객의 대서사시!

유행이 아닌 자유추구 -
WWW.chungeoram.com
Book Publishing CHUNGEORAM